そして旅にいる

加藤千恵

幻冬舎文庫

そして旅にいる

挿画●藤村真理
本文デザイン●赤治絵里（幻冬舎デザイン室）

第1話　約束のまだ途中

（ハワイ）

長年の憧れだったハワイは、行くと決めてしまえば、その手続き自体は大変なものではなかった。羽田からホノルルへの約七時間半のフライトは、さすがに短いとは言えないけれど、睡眠時間に変換できれば問題ない。深夜発というのはそのためでもあるのだろう。

どこかで拍子抜けしたのも事実だった。もちろん、わざわざ苦労したいなんて言わないけれど、憧れつづけていた十数年分の思いが、お金を支払っているとはいえ、あっさりと引き換えられてしまったことに、戸惑う気持ちもあった。

一方では、それだけが戸惑いの理由ではない。ハワイでの結婚式を聞かされたときから、口に出せないものが、確かにわたしの中で育っていた。

隣で機内プログラム誌をめくっていた友だちは、ハワイのガイドブックを広げていたわたしに話しかけてきた。

「朝戸《あさと》みなみのアルバム聴けるみたいだよ。懐かしいね。弥生《やよい》も南《みなみ》もすごく好きだったよねー。よくカラオケで歌ってたし」

「ほんとだ」

わたしは今知ったかのように、少しだけ驚きをこめた声で言う。友だちはその反応に違和感を示すことなく、また別の話題を、今度は逆隣にいる別の友だちに振る。ねえ、どの映画観たの？　おもしろかった？　今からだと時間足りないかな？

飛行機内のそれぞれの座席には、収納テーブルの上に、モニターが埋め込んで設置されている。映画、テレビ番組、ゲーム、マップ、ショッピングカタログ、音楽。さまざまなものが楽しめるようになっている。

機内プログラム誌は、乗り込んですぐに確認していた。映画を観ようと思ったからだけど、音楽のページで手が止まった。収録アルバムの中に、朝戸みなみの「morning」があると知ったから。ジャケットの、光がたっぷりと差し込んでいる出窓に置かれた一輪挿しの写真は、さほど大きなものではないけれど、懐かしさを呼び起こすには充分だった。なんなら写真を見ずとも、そのジャケットを即座に思い浮かべることができた。花のオレンジ色や、カーテンのクリーム色まで含めて。ふわりと裾を広げるカーテンの皺にいたるまで。

離陸してすぐに、リモコンを操作して、音楽のページを開いた。確かに「morning」は収録されていた。

聴こうか迷って、カーソルを操作したものの、画面を切り替えた。バラエティ番組を観て、ルールもよくわからないトランプゲームを二つほどやってみて、それからまた音楽のページを確認して、でも結局は聴かなかった。

朝食も終えた今、着陸まではまだもう少し時間がありそうだ。眠気は残っているが、二度寝できるほどではないし、音楽はちょうどいいセレクトにも思える。けれど。

好きだったよね、とさっき友だちは確認してきたけれど、正しくは、今だって好きだ。

人生で一番多く聴いたCDはどれかと訊ねられることがあるなら、わたしは迷わずに「morning」をあげる。

でもそんなことを、隣の友だちに話したりはしない。このアルバムにまつわるたくさんの思い出やきっかけも。もったいぶっているわけでも、話すことですり減る気がするわけでもない。ただ、話し下手なわたしが、うまく伝えられる気はしないし、友だちにとっておもしろい話だとも思えないから。

「変な姿勢で寝てたかも。腰痛い気がする」

そう言いながら、友だちは、座ったままで背中を軽くそっている。合わせるように、わたしも、こり固まっている首を回してみた。


南という自分の名前が、ずっと嫌いだった。

小学生のとき、南という苗字の男子が同じクラスにいたことで、数人の男子によくからかわれていた。

「お前ら結婚したら、みなみみなみだなー。変なのー」

「変なのー。みなみみなみー」

今になって思えば、悪口というほどでもないし、軽くかわしておけばよかったのだけれど、そのときはイヤでイヤで仕方なかった。

だから小学五年のクラス替えで、南くんと別のクラスになったときは、彼自身の問題ではないとも、彼もまた被害者だとも知りつつ、安堵した。

だからといって、わたしがいきなり、明るく人気者に変われるわけでもない。十歳にもなれば、自分の性質くらいはわかるようになっている。それもまた現実だった。両親いわく、わたしは幼い頃からおとなしい性格だったらしい。あまりしゃべらないし、ケガをしても黙っていたりするから、何かしらの問題を抱えているのではないかと母が悩んでしまうほど。

口数が多くないのは、大人になった今もだけれど、別に問題なんていうほどのものではない。単にボンヤリしているのだ。咄嗟に言葉が出てこない。気持ちに当てはまる言葉を探っているうちに、周囲の話題はもうとっくに別のものに変わっている。気づくといつも、相づちばかりになっている。

それでもわたしは少しだけ変わった。弥生がいたから。

それまでは違うクラスだった弥生が、自分とはまるで異なる存在だというのは、クラス替えの初日にはもうわかった。見た瞬間に。隣の席の子に、名前なんていうの？とハキハキと話しかけて、少ししたらもう明るく笑い合っていた。編み込みにしていた髪型も含めて、強く印象に残っている。

顔も自分とはまるで違った。弥生は、目が大きく、唇が厚く、主張のある顔立ちをしていた。南国の少女のようだった。目も鼻も口も小さく、薄い印象しか与えないわたしとは、まるで正反対だった。

委員会を決める、最初のホームルームでも、弥生はいちいち大きくリアクションしていた。授業中の些細な冗談には大きく笑い、掃除をサボる男子がいればいち早く注意する。クラスの中で、すぐに記憶されるタイプだった。

彼女に対して、憧れも嫌悪感も持たなかった。ただわたしと関係のないものとして、彼女は存在していた。

だからある日の放課後、弥生がまっすぐこちらにやってきたときには、何かの間違いのように感じられた。

「ちょっと話あるんだけどいい？」

そんなふうに言われたことで、不吉な予感がした。いじめ。悪口。いやがらせ。そういった類の想像しかできなかった。いざとなったときに、自分は大きな声を出したりできるだろうか、とシミュレーションまでしてしまった。できる気はしなかった。

時々人が通る廊下で、何を言われるのだろうと緊張で固まっていると、弥生は言った。彼女の大きな目は、いつもよりも大きくなっているように見えた。

「南ちゃんって名前、可愛いよね。うらやましい。ね、朝戸みなみって知ってる？」

あまりにも唐突だったので、シンプルな質問だったにもかかわらず、答えるまでに、だいぶ時間がかかったと思う。わたしの言葉を待つ弥生の表情は、期待がこもったものに見えた。

「モデルの？」

ようやく返した言葉に、弥生は大きく頷いた。それから勢いよく話し出した。

「そうそう、モデルの。朝戸みなみ。超可愛くない？　すっごく好きなんだー。細いしオシャレだし。南ちゃん、同じ名前だから、好きだったりするかなあって思って」

あとになって思えば、飛躍のある論理だった。別に名前が一緒だからといって、意識するというものでもない。とりたてて珍しい名前でもないのだし。

でも当時は、チャンスみたいに思えた。

弥生が差し出してくれたバトンを、受け取って走り出したかった。自分に渡されるなんて予想していなかったから余計に。

単純に、名前を可愛いと言ってもらえたことも嬉しかった。数人の男子にからかわれていたことで、汚れてしまっていた自分の名前が、可愛いという一言で、一気に磨かれて綺麗なものになった気がした。

「うん、いいよね。朝戸みなみ」

わたしは嘘をつき、話を合わせた。朝戸みなみのことは、好きでも嫌いでもなかった。

「だよねー。よく雑誌買ってもらってるの。ね、最近出たCD買った？『morning』ってやつ」

わたしは少し悩んだ。嘘をついて合わせるべきか、正直に言うべきか。でも、どの曲が好きか聞かれてしまうかもしれない。バトンが落ちてしまわないことを祈りつつ、答えた。

「ううん、持ってない」

「え、じゃあ、貸してあげようか？　すっごくいいよ」

嘘をつかなくてよかった、と思った。安心感からか、うん、という返事が、大きな声になったのが自分でもわかった。多分わたしはあのとき、満面の笑みを浮かべていただろう。

「わー、ハワイだー」

ドアマンが開けてくれたドアを通り、外のあたたかな風を感じた瞬間、一人が伸びやかな声をあげる。わたしも息を吸った。着ていたカーディガンを脱ぎ、バッグに入れる。Tシャツだけで問題なく過ごせそうだ。

旅行会社で、空港からホテルまでは送迎のあるプランを選んでいた。チェックインを済ませ、部屋に荷物を置いた今、ハワイの時刻は午後三時だ。

「じゃ、おやつ食べに行こうか」

ガイドブックから切り取ったらしいマップを広げ、友だちが言う。後について歩き出した。

「ねえ、日の入り見られるかな。せっかく海も近いし」

「何時くらいなんだろうね。なんか、まだまだ日が高いよね」

「日焼け止め、もっと強いのにするべきだったかな」

「わたしの、SPF50だよ」

「まじで？　わたしの25くらいだったはず。今日日焼けしてたら借りるかも」

「いいよー。高いけどね。免税店で何か買ってもらうよ」

二人の話す声は、いつもより楽しそうに響く。聞いているだけのわたしも、それだけで笑ってしまいそうだ。

ハワイにいるんだなあ。

強い日差しを受けながら、実感が徐々に広がっていく。テレビや雑誌でしか知らなかったハワイの中を、今自分が歩いているなんて、不思議な気持ちだ。東京もまだ暑さは残っているけれど、常夏というだけあって、気温はその比じゃない。サンダルでゆっくりと歩いていても、汗が滲んでくる。

ただ、すれ違う人たちは、思ったよりも日本人が多い。話す言葉や、持っているガイドブックで、他のアジア人ではなく日本人だろうとわかる。このあたりはホテルも多いし、地元の人はあまりいないのだろうか。

弥生は昨日ハワイに到着しているはずだ。バッタリ会うようなことがあるかもしれない。そう思いながら歩いていたけれど、そんな偶然は起きなかった。

「着いたー。ここだ」

おやつに、チーズケーキを食べようというのは、空港からの道のりで相談していた。どのガイドブックでも紹介されているくらい有名なカフェだから、大きな店だろうと予想はしていたが、それをさらに上回る入口の立派さと、中の広さに、外国を感じる。

待たずに座ることができたのはラッキーだったのかもしれない。案内してもらった席で、メニューを見る。そこにもまた、予想を上回るものがあった。なんて種類が多いのだろう。大げさでなく、二十種類くらいはある。

「どうしよう、チーズケーキだけで、こんなにあるよ」

「ほんとだね」

「わたし、一日悩む自信ある」

「わたしも」

「わたしも決められない」

ストロベリー、パンプキン、ココナッツ、チョコレート、ホワイトチョコレート、ピーナッツバター……。同じチョコレートのものであっても、微妙に組み合わせが違っていたりもする。添えられている写真も、どれもおいしそうなので、決め手にはならず、かえって迷いを強くさせる。

「弥生がいたら、ぱっぱっと決めそうだよね。じゃあこれがいいね、とか言って人の分まで」

友だちが口にした言葉に、わたしは咄嗟に、ほんとだよね、と同意した。同じことを思っていたから。この二人とは、高校一年生のときに知り合って、以来四人で仲良くしているけれど、何かを決めたり進めたりしてくれるのは、たいてい弥生だった。

「弥生来ないかなー。電話してみようか」

友だちがさらに言い、わたしたちは笑った。本気で呼び出すつもりはない口調だった。

考えてみれば、弥生なしで三人で会うのなんて、初めてのことかもしれない。いつも四人だった。あるいは、二人の組み合わせ。

「でもまあ、いなくても、いるみたいなもんだね。弥生のために来てるんだから」

友だちの言葉に、わたしはまた、ほんとだよね、と言った。でも前半には同意していなかった。弥生はここにいない。

店員さんが軽く手を上げ、笑顔でこちらに近づいてくる。慌てて、再びメニューに視線を落とした。弥生がいない今、自分で決めなきゃいけないのだ。

弥生から借りた全九曲のそのアルバムを、お姉ちゃんに頼んでＭＤに録音してもらい、歌詞カードはカラーコピーして、毎日何度も聴いた。苗字が「朝」戸、だから、morning、なのだというのはすぐに気づいた。

　感想を、飽きもせずに語り合った。歌声の透明感。歌詞カードの中の朝戸みなみの美しさ。本人が作詞したという四曲目のバラードの単語。

　CDを聴き、意見を交換するうちに、わたしはすっかり、朝戸みなみが好きになっていた。ずっと前からのファンのような気さえしてきた。テレビ出演は見逃さないようにしたし、出ている雑誌は買って切り抜いたり、立ち読みしたりした。

　そしてまた、わたしと弥生の交流も、どんどん深まっていった。

　それまで弥生には仲のいい子が何人もいたし、わたしにも少ないながら友だちはいたのだけれど、弥生と話すのが一番楽しく感じられたし、多分弥生もそう思ってくれたのだろう。休み時間も放課後も、わたしたちは一緒に行動するようになった。朝戸みなみのことだけでなく、友だちのことや先生のことや家族のこと、誰にも言っていなかった気になる男子のことまで、打ち明けるような仲になっていった。

　ある日弥生は、「morning」の歌詞カードの写真は、ハワイで撮影されたものなのだということを教えてくれた。帽子をかぶり、ワンピース姿で立っている海岸は、ハワイのものらしい。

「そうなの？」

訊ねたわたしに、頷き返した弥生の表情は、とても真剣なものだった。国家機密を教えてくれているかのようだった。

「インタビューで言ってたよ。みなみちゃん、ハワイ行ったのは初めてだったって」

「ハワイかあ」

わたしたちはそのとき、区立図書館の隣にある、公園のベンチに座っていた。そこはわたしたちの気に入っている場所で、放課後はたいてい、どちらかの家か、自転車で公園まで来て遊んでいた。学校にはない、珍しい遊具がいろいろあったけれど、それらに乗るのは少しだけで、あとは暗くなるまで、ベンチで話しこんでいるのがほとんどだった。話すことはいくらでもあった。いつも時間だけが足りなかった。しゃべっているのはほとんどが弥生のほうで、わたしは相づちを打ってばかりだった。でも、それで互いに満ち足りていた。

わたしは海外に行ったことがなかったし、予定もなかった。弥生も同じだった。海。椰子《やし》の木。高い太陽。知っているかぎりのハワイに関する情報を集めて、頭の中で光景を描いてみる。

たった今公園にいる人たちの中で、ハワイに行った人はどれくらいいるのだろうな、なんて思った。幼児を連れたお母さん。向かいのベンチで話を弾ませている二人のおばあさん。早歩きで公園を突っ切っていくサラリーマン。

「何時間くらいかかるんだろうね、飛行機」

珍しい沈黙のあとで弥生はつぶやいた。黙っているあいだに相手が、自分と同じようにハワイについて考えていたことは、お互い確かめるまでもなくわかっていた。

「半日くらいかなあ」

根拠のないわたしの言葉を、半日かあ、とため息混じりで弥生が繰り返す。

またしばらく黙っていた。沈黙を破ったのは、やっぱり弥生のほうだった。

「大人になったら、一緒に行きたいね」

「行きたい！」

わたしはいつになく、早口で大声になった。なんて素晴らしい思いつきなのだろう、と尊敬した。

以来、わたしたちの会話の中には、しょっちゅうハワイが登場するようになった。

洋服を買うとかバッグを買うとか、フルーツを食べるとか、スキューバダイビングをしてみるとか、ハワイでやりたい、思いつくことをどんどんあげあった。

小学校の卒業文集で、クラス全員、それぞれ自分の夢を寄せ書きするページがあった。わたしたちは迷わずに、隣同士で、そのとき描いていた一番大きな夢を書いた。

【南と一緒にハワイに行く　弥生】

【弥生と一緒にハワイに行く　南】


歯や頭が痛くなってしまいそうなほど甘いチーズケーキは、日本のものよりもずっと大きくて、添えられているクリームもかなりのボリュームがある。

わたしが頼んだココナッツチーズケーキも、友だちが頼んだフレッシュストロベリーチーズケーキも、レモンとラズベリーのチーズケーキも、当然味は異なるけれど、甘さや量は似たりよったりだった。一口食べるごとに、甘いね、と笑い合い、一緒にオーダーした飲み物で流しこむように、体に入れていく。

「あー、もう無理かも。お腹いっぱいになってきた」

まだ半分ほど残っているケーキのお皿を前にして、友だちが言う。状況は三人とも同じだった。食べきれるだろうか。

「にしても、弥生が最初に結婚するとはねー。もっとバリバリ働くのかと思ってた」

「思った思った。子どもができるまでは仕事辞めないとは言ってたけど、結婚願望自体薄いのかと思ってたよ」

「だよねー。彼も三つ上だから、まだ二十八歳でしょ？　結構早いよね」

どうやら二人は、結婚の理由については、聞いていないようだった。きっと秘密なのだろう。もちろんわたしから言うつもりはなかった。

彼のおばあさんが、がんを宣告されて、入院中なのだ。おばあさんが生きているうちに、結婚の報告をしてあげたい、というのが大きな理由らしかった。

「そういえば、南、スピーチはできてるの？」

突然の質問に、チーズケーキを飲み込んでから答えた。

「うーん、一応。短いものだけど」

パーティーといっても四十人くらいだから、一言で大丈夫だよ、と弥生には言われていた。とはいえ本当に一言でいいとは思っていない。用意しているスピーチは、便箋五枚ほどの長さになった。長さも内容も、これでいいのか不安ではある。

「緊張するよねー」

わたしはゆっくりと頷く。結婚パーティーでのスピーチなんて、生まれて初めてだ。さらに訊ねられた。

「ねえ、明日の夜って、何食べに行くか決まってるの？」

「ううん。ホテルのロビーに六時半に迎えに行くねっていうメールで終わってる。さっきホテルでチェックしたときには、メール、来てなかったし」

「そうなんだー。どこに行くか聞かなかったの？」

「思いつかなかった」

「南ってほんとそういうところあるよね」

そう言って友だちは笑った。わたしは、かなあ、と答え、ちょっとだけ笑う。そういうところとは、具体的にどんなところを指してのことだろうと思いつつ。

明日の夜、スピーチの簡単な打ち合わせがしたいから、と弥生に食事に誘われているのだ。そこで問題ないかを訊くつもりだ。てっきり彼も一緒なのかと思っていたけれど、数日前の電話で、二人きりだとわかった。人見知りのわたしにとっては、二人きりのほうがありがたいけれど、結婚式前夜に、新婦が友だちとごはんを食べていていいのかということは気になる。弥生は、大丈夫だよー、と明るく言っていたけれど。

「彼とは何度か会ってるんだよね？　どんな人？　明日ロビーで見られるかな」

「会ったことあるけど、明日は来ないみたい」

「え？　弥生と南、二人だけでごはんなの？　打ち合わせなんでしょう？」

「そうだよ。新郎新婦、一緒じゃなくていいものなの？　あとお互いのご両親とか」

友だちにしても、引っかかるポイントは同じらしい。

「やっぱりそうだよね。弥生は大丈夫って言ってたんだけど」

答えながらも、不安になってきてしまう。

「うん、普通はねー。でも、まあ、弥生が言ってたなら大丈夫なのかな」

「弥生様だね」

わたしの不安に反し、二人の友だちはあっさりと納得したようだった。疑問は残るけれど、あまり深く考えないようにする。

「南と弥生って、小学校のときからでしょう？　付き合い長いよね。ケンカしたことあるの？」

「それ、わたしも気になってた！　二人が言い争ったりしてるの、見たことないもん。

そもそも南って、誰かと言い争うことある？」

お茶で流し込んでも、口中からは消え去らない甘さを感じながら、わたしは向けられた質問に答えていく。

「少ないかも。すぐに怒れないんだよね。あとで一人になってから、そういえばあのときイヤだったなあとか、ああ言えばよかったな、って気づいて、頭に来たりするんだけど」

ああ、そういう感じありそう、わかる、と友だちが揃って、納得した様子を見せる。

「でも弥生とは、ケンカじゃないけど、離れてた時期はあるよ」

「そうなの？　いつ頃？」

「五年前くらいかな。わたしが短大通ってたとき」

「えー、全然知らなかったー」

「わたしも知らなかった」

「離れてたっていうか、単になかなか会えなかったというか、すれ違いっぽくなってた感じだけどね」

わたしは慌てて言った。ここで二人に話すのには、ふさわしくない話題のような気がしたし、うまく伝えられる自信もなかった。

中学校に進んで、クラスが別になっても、弥生とわたしの仲の良さは変わらなかった。むしろ強まっていった。

休み時間はちょうど中間地点の三組のロッカー近くで、放課後は二人で相談して入った美術部で、休みの日はどちらかの家や外出先で、ひたすら話していた。お互いのことで、知らない部分はほとんどなかった。

同じクラスの中で、話す子がいなかったわけじゃないけれど、弥生と話すのは特別だった。会うと落ち着いたし、なかなか会えないときは不安になった。弥生だけが同じ星の人間のように感じられていた。

わたしたちは相談して、同じ高校を受験した。ただ、学力には差があったから、弥生にとっては志望校を一ランク下げ、わたしにとっては一ランク上げる形になった。受験勉強は大変だったけれど、弥生と一緒に高校生活を送るということを、唯一の、そして絶対のモチベーションにしていた。結果、わたしたちは揃って合格することができた。

合格発表のときもだけれど、貼り出されたクラス編成の模造紙を見たとき、わたしたちは声をあげ、抱き合って喜んだ。同じクラスだったからだ。一年生のときに、他に二人と仲良くなって、四人で行動するようになったけれど、もっとも近い存在であることに変わりはなかった。親に頼んで買ってもらった携帯電話も、ほぼ弥生とのメールのやり取りのためにあるようなものだった。

けれど、高校生にもなると、それまでのように、何もかも同じにするというのが難しいことだとわかってきた。部活。遊ぶお金を稼ぐためのバイト。選択科目。もともとの性質の差異は、選んでいく道の差異にもつながった。

決定的ともいえたのが、高校三年時、別々のクラスになって、弥生が彼氏を作ったことだ。同じクラスの芝原《しばはら》くん。

それまでも恋愛相談めいた話は何度となくしていたし、わたしにも好きな男子はいたけれど、弥生に彼氏ができたことに、自分でも驚くほどショックを受けた。表面上は祝福しながらも、内心おもしろくないと思っている自分の汚さも苦しかった。

弥生の中での特等席に座っているつもりでいたのだ。そこを奪われた気分だった。

さらに、受験の問題もあった。大学受験は、高校受験ほど単純ではなかった。選択肢も比べものにならないほど多かったし、どちらかが合わせるというのは無理だと、二人とも悟った。

わたしは短大の現代社会学部に、弥生は四年制大学の経済学部に進学した。どちらも当然、志望してのものだった。

わたしが進んだのは、小さな短大だった。高校よりもずっと学生数が少なく、四年制にくらべると、必須の授業コマ数は多いものだった。

地方から来ている子たちが多かったこともあり、短大の隣には、寮があった。わたしの家から短大までは、電車だと、乗換えを二度する必要があり、一時間と少しかかった。直線距離ならもう少し早かったのだが、あいにくちょうどいいバスはなく、運転免許も車も持っていなかった。

寮に住みたいと思うようになったのは、入学から半年ほど経った頃だ。その頃には、寮に住んでいる何人かの子と仲良くなっていたし、行動をよくともにしていた。

両親は、必要ないと反対した。けれどわたしは珍しく粘った。生活費のためにバイトもするし、家賃も就職してから少しずつ返すと言った。既に就職して家を出ていたお姉ちゃんが、きっかけがあるうちに家を出ないと、タイミング逃しちゃうんだよ、と両親を説得してくれたのが決め手となって、わたしの寮生活はスタートした。

なにもかもが新鮮で、日々はいまだかつてないほど目まぐるしかった。寮仲間と話しこみ、ほぼ眠れないまま夜を明かし、フラフラの状態で授業やバイトに行くことも少なくなかった。学校、バイト、友だちとの約束、バイト先で知り合った彼氏とのデート。手帳のスケジュール欄はどんどん埋まっていった。

毎週のように会っていた弥生と、一ヶ月ぶりくらいに会ったときのことだった。いつもと同じく、二人でごはんを食べ、楽しく話していたのだけれど、些細な意見の食い違いが生じた。

付き合いも長かったし、初めての出来事ではなかった。ただそれまでだったら、反射のように謝っていたわたしが、そのときはそうしなかった。弥生の断定的な物言いが、ひどくきついものに感じられた。譲れなかった。

しばらく不毛なやり取りをしてから、苛立ちを隠しきれない様子で、弥生は言った。

「変わっちゃったね」

変わっちゃった？　わたしは訊きかえしたかった。そんなつもりはなかった。第一、もしも変化したというのなら、最初にそうしたのは、間違いなく自分ではないと思った。弥生のほうだ。

気まずい雰囲気でそのまま別れ、しばらく連絡を取らなかった。数日に一度は送っていたメールも途切れ、いまだかつてない距離が生まれた。

その後、高校のクラス会があって再会したのをきっかけに、またどちらからともなく連絡するようになり、前のように時々予定を合わせて会った。

離れていたのは、たかだか数ヶ月のことだ。再び会うようになったわたしたちはあの時期のことを、いまだに話題にあげていないけれど、それは忘れたのではなく、むしろ逆で、記憶に残っているからじゃないかと思う。少なくとも、わたしはそうだ。


ホテルのロビーで、三人で話し込んでいると、弥生が現れた。派手な色合いの花柄のワンピースに、黒の七分袖のカーディガンを合わせていた。先に気づいたのはわたしのほうで、手を上げると、笑顔で近づいてきた。

「ありがとうねー、ほんと、来てくれて」

三人の顔を確認するように弥生は言った。そのときわたしは、弥生はハワイが似合うな、なんて思った。

これからロブスターを食べに行くという二人と手を振って別れ、弥生とわたしは、タクシーに乗り込んだ。弥生が運転手に、レストラン名らしい言葉を伝えた。

移動時間は十分ほどだった。着いた建物の三階に、弥生が予約を入れておいてくれたレストランはあった。店員に深い礼で迎えられる。高級そう、という印象を抱いた。混雑していて、日本人はほとんどいないようだった。他のテーブルには、わたしたちより年齢が高そうな、夫婦らしき西洋人が多い。

グラスを持ち上げるだけの乾杯をして、わたしが、スピーチについて相談しようとすると、弥生は意外な言葉を発した。

「あ、もう、自由に話してくれて大丈夫だよ。ほんとにこぢんまりしたアットホームなパーティーだし」

「えっ。打ち合わせじゃなかったの？」

「打ち合わせという名の食事会。ここ、創作料理のお店なんだけど、オーナーのお母さんが日本人で、日本の調味料が使われてたりもするんだって。賞をとったりもしてるって知って、来てみたいなと思ってたの」

「そうなんだ。ねえ、今夜って、二人きりで大丈夫だったの？」

「うん。昨日、家族で食事会は済ませたし、今日は彼のほうも、こっちに住んでる友だちと会うってことだったし。独身最後の夜なんだから、南と過ごすしかないなって決めてたの」

あっさりと言われ、お礼を言うのもおかしいかなとためらっているところに、前菜がやってきた。見ただけでは、何なのかわからない。

運んできてくれたウエイターの説明によると、フォアグラにフルーツソースがかけられたものだった。フルーツはいずれもハワイで採れたものが使われているという。

一口食べて、おいしい、とつぶやいた。甘みと酸味が広がった。

弥生もまた、おいしい、とつぶやくように言ってから、白ワインを飲んだ。そしてわたしを見て、こう言った。

「謝りたかったんだ、ずっと」

「謝る？」

「五年前のこと」

ああ、とわたしは言った。いつのことを指しているのか、すぐにわかった。

「わたしこそ、忙しくてあたっちゃったんだと思う。って、何がきっかけだったのかも憶えてないんだけど、実は」

「ううん。多分、きっかけは関係ないんだ。わたし、嫉妬してたんだと思う。南が自分から離れて、新しい世界を作っていっていたことに。当たり前のことなのに」

嫉妬？　想像もしていなかった単語に、何を言っていいかわからなくなってしまう。ただ、気持ち自体は、ものすごく理解できた。

「どこかで南のこと、自分のものみたいに思ってたのかもしれない。南、おとなしいし、わたしが支えたり面倒みたりしてるつもりになってたっていうか。でも本当はそうじゃなくて、むしろわたしのほうが助けられてきたんだなって気づいた」

「そんなことないよ」

わたしは言った。今なら話せる気がして、付け足す。

「わたしも嫉妬してた」

「そうなの？」

「そうだよ。芝原くんと付き合いはじめたときとか」

「芝原くん！　また懐かしい名前を」

弥生が笑い、わたしも合わせて笑った。

二皿目の前菜が運ばれてくる。海老や蟹といったシーフードに、緑のソースが合わせてある。上にかつおぶしがのっているのがおもしろく感じられた。ソースの説明はうまく英語が聞き取れなかったので、ウェイターが離れてから、相づちを打ちながら聞いていた弥生に訊ねた。

「ねえ、これ、何のソース？」

「わたしもわかんなかった」

「だって相づち打ってたじゃん」

「雰囲気だよ、雰囲気。会話はいつもそうだよ」

悪びれることなく言うので、思わず笑ってしまう。口に運んでみた料理は、思いのほか優しい、癖のない味だった。おいしい。

また弥生が切り出した。

「ねえ、十五年経ったね」

「出会ってから？」

「うん。それもだけど」

「他には？」

「十五年前に、約束したことがあったんだよ、わたしたち」

もしかして、と思った。わたしは言った。

「ハワイ」

「憶えてたんだ」

弥生は目を開き、驚きの表情を浮かべているけれど、むしろこっちが言いたかった。

「そっちこそ忘れてるのかと思った」

「どうして？」

「だって、結婚式の話のときも」

ハワイで結婚式を挙げると聞かされたときに、まっさきに約束を思い出した。てっきり弥生の中にも約束は残っているものと思っていたのに、彼女の口からそれについての話題が出ることはなかった。忘れているのだと察した。

正直に言って、寂しさがあった。寂しさとショックで、大切な友だちの結婚を、完全に喜びきれていなかった。まさか、弥生が憶えていてくれたなんて。

「あの約束があったから、結婚式の話になったときに、絶対にハワイがいいって言ったんだよ。彼や彼の両親としては、おばあちゃんが病院にいるのもあって、近いところでって考えてたみたいなんだけど、わたしがどうしてもってお願いしたの。最終的には、一生に一度のことだし、弥生ちゃんが望む形でってことで、みんな賛成してくれたけど」

「そうだったんだ」

わたしはそれだけを言った。自分の思い込みを反省した。胸にあった重たい塊が、一気に溶け出して流れていく。

「わたしたち、同じこと思ってたんだね。南のほうこそ、約束の話をしてくれるかなあって期待してたけど、まったく出てこなかったから、忘れちゃってるなあって思ってた。なんだー、バカみたいだね、揃って」

笑い合っているわたしたちのところに、三皿目となる前菜が運ばれてくる。揚げ出し豆腐と蟹を合わせたものだという。口に入れた瞬間、かつおだしの香りが広がる。

思い出したように、弥生が言った。

「あ、でもね、朝戸みなみが来てたの、ここじゃないらしいよ」

「え？　ハワイじゃないの？」

「ハワイはハワイなんだけど、撮影してたのは、ハワイ島なんだって。ネットで調べちゃったよ。せっかくだから、ロケ地一つくらいは見に行けるかなー、と思ってたのに」

「残念だね」

それから弥生は、ロケ地を調べているついでに知ったという、朝戸みなみの近況について教えてくれた。アルバムを出した数年後、結婚してモデルを辞めた朝戸みなみは、今は子ども服のブランドをやっているらしい。育児関連イベントに出席したという最近の写真も何枚か見つけたけれど、変わらずに綺麗だということだった。

わたしは、行きの機内で、朝戸みなみのアルバムが入っていたことを思い出して伝えた。違う航空会社で往復する予定の弥生は、こちらが驚くほどくやしがった。

「久しぶりに聴きたかったなー。ねえ、でも、まだ約束は途中ってことだよね。ハワイ島に行けてないから。いつかハワイ島に行こうよ。そのときは二人で」

「いいよ。でもいつかっていつ？」

「大人になったらってわけにもいかないよね。もう立派な大人なんだから。こんなところでワインまで飲んでるし」

掲げたようにしたワイングラスを見つめ、ふふふ、と弥生は笑う。明るさを抑えた照明の中で見るせいか、その表情はいつもよりも穏やかなものに思えた。確かに、公園で約束したときからは、たくさんの時間を重ねた。でも充分に、あの頃の面影を残してもいる。

「じゃあ、わたしがハワイ島で結婚式挙げようかな」

「お、言ったね？　日本からだと直行便ないけど大丈夫？」

「え、だめじゃん。先に教えてよ」

「だめじゃないでしょ、はい、決まりね」

「うわー、詐欺にあった」

「人聞きの悪いこと言わないでよ」

笑いながら、わたしはワインを飲み干す。

デザートのココナッツアイスクリームとパイナップルのシャーベットまで残さずに食べ終える頃には、お腹が苦しくなっていた。店を出て、タクシーに乗ったとき、海に行こうか、と弥生は言った。わたしは、うん、と答えたけど、無言だったとしても、きっと了承だと思っただろう。

夜の海岸は、昼間のそれとは、まるで別物だ。明かりがほとんどない。細い月が浮かんでいる。ミュールには容赦なく砂が入っていく。昼間ほどではないにしても、砂には熱がこもっている。いちいち取りきれないので、すぐに脱ぎ、裸足になることにした。

少し歩いたところで、弥生が言った。

「このへんに座ろうか」

頷き、ミュールを近くに置いて、並んで座った。

海岸を散歩しているらしい人たちのシルエットがいくつか見える。声は聞こえない。耳に入ってくるのは波の音ばかりだ。水面を見つめようとしたけれど、暗い。砂浜と波の境界線が、ぼんやりとしかわからない。

「夜の海って怖いよね」

うん、と答えた。また波の音。

離れた場所に、連なるホテルが見える。ほとんどの窓の明かりがついているから、たくさんの長方形の光が浮かんでいるみたいだ。それぞれに、ハワイにやってきた目的や理由があるのだ。約束を抱えて来た人たちも、少なくないかもしれない。

「ねえ、歌おうよ」

唐突に弥生がそう言った。

「歌う？　何を？」

「朝戸みなみだよ。どれがいいかな。やっぱり『the morning』かなー」

歌うこと自体は、既に決まっているかのように言う。わたしたちが二人揃って、あのアルバム、「morning」の中で一番好きだと話していた曲。わたしはなんだか恥ずかしかった。

「イヤだよ」

「独身最後のお願い。ね、結婚祝いだと思って」

ずるい、と思った。そんなカードを出されては、こっちもむげにできない。

わたしがそれ以上反対しないのをわかってか、楽しそうな口調で、弥生は言った。

「いくよ。せーの」

仕方なく、歌いはじめる。歌詞は間違えようがなかった。だって数えきれないほど聴いてきた曲なのだ。むしろわたしより、ずっと大きな声で歌う弥生のほうが、ところどころ歌詞の記憶が曖昧なようだった。

けれどサビは、弥生も間違えなかった。

はじまる　この朝から
つながる　この歌から
なんでもできる予感を持って
今すぐドアを開きたい

はじまる　この朝から
広がる　この指から
誰でも会える魔法を知って
今すぐ旅に出かけたい

二番に突入する気だったらどうしようと思ったけど、さすがに一番を歌って、満足したようだった。ホノルルの海岸で、二人で歌う「the morning」は、繰り返し聴いたり歌ったりしてきた曲と、同じだけれど、同じじゃなかった。

明後日、帰りの飛行機では、「morning」を聴こうと思った。

「ありがとうー」

抱きついてきた弥生の首筋あたりから、ふわっと、お酒の匂いがした。酔っぱらいー、とわたしは言い、けれど楽しくなって、そのまま倒された。海岸に倒れこんだ瞬間、背中が少し痛んだけど、楽しさのほうがずっと大きかったので、すぐに気にならなくなった。右腕が下敷きになっているけれど、それも構わなかった。愉快だった。笑いがこぼれた。

楽しい。

そうだ、いつも楽しかった。弥生といるとき。ずっと。ずっとずっと。

あの公園で約束したときにくらべて、ずいぶん遠くまでやってきた。距離も。時間も。でも隣に弥生がいる。だからここまでやってこられたんだと、今は素直に受け止められる。

「南ー、ありがとうねー」

わたしの鎖骨に顔をうずめて、弥生が言う。声がくぐもっている。泣いているみたいだけれど、泣いていないことはわかっている。くすぐったくて笑ってしまう。

名前を呼ばれるのが好きだった。あんなに嫌いだった名前なのに、弥生に呼ばれるうちに、誇らしいものになっていた。

自由に動く左手で、弥生の背中を軽く叩いた。そして言った。

「結婚おめでとう」

第2話　冬の動物公園で

（千葉）

「千葉に行かない？」

天貝倫太《あまがいりんた》は、十二月の朝、唐突にそう誘ってきた。

「千葉って、あの千葉？」

間抜けな返答になったことは、言い終えてから気づいた。倫太は突っ込むでもいぶかしがるでもなく、千葉、と繰り返した。

「おれ、こつめかわうそが見たい」

「こつめかわうそ？」

「こつめかわうそ」

こつめかわうそ……こつめかわうそ？

向かいの座席に座っている子どもが、父親らしき男性に、何かをしきりに話しかけている。日曜の中央線の乗客は、普段よりも家族率が高いように見える。

「カワウソだよ」

そこまで言われてようやく、コツメカワウソはカワウソの一種らしいと知る。でもさっきから、何を言ってるんだろう。千葉とかコツメカワウソとか。そんな話、昨日の飲み会でも一瞬たりとも話題にのぼってない。

わたしの脳裏で、千葉とカワウソという単語が結びつく。わかった、と思った。連想クイズみたいに。酸素と水素が結びついて水という化学式になるみたいに。

「ディズニーランド」

わたしは自信満々に言った。ところが返ってきたのは、正解、でも、そのとおり、でもなく、なに言ってんの、だった。

「ディズニーランド行きたいってこと？」

呆れた口調で言われてしまう。

「いやいや、わたしじゃないよ。ディズニーランド行きたいんじゃないの？」

「はぁ？　なんでディズニーランド行くんだよ。カワウソ見たいんだってば。千葉市動物公園だよ」

千葉市動物公園。初めて聞く名前だった。

千葉といえばディズニーランド。てっきりカワウソのキャラクターでもいるのかと思ったのに。頭の中で完成した式が、するするとほどけて消えていく。

でも考えてみれば、倫太がわたしを誘ってディズニーランドに行くなんて、そんなわけない。きっと千円もらえるって言われたって断るだろう。いや、千円なら行くだろうか。

わたしたちはさっきまで、別の友だちの家で飲んでいた。八人で飲みはじめて、途中十人にまで増えたけど、最後まで残っていたのは、家の主である友だちと、わたしと倫太と、もう一人だけ。四人で近くの牛丼屋で朝ごはんを食べたあと、もう一人は自転車で帰っていった。だからこうして、二人で電車に乗っている。

「予定あるの?」

予定がないなら行くに違いないと決めつけていることも、そもそも予定がないだろうと思っていることも含んだ訊き方だ。おそらくわたしが断るなんて思ってない。だからといって、わたしが断ったところで、そっか、と言うだけだろう。別に残念そうでもなく。

「いいよ」

わたしは言った。倫太と動物園に行ける喜びを、表に出さないように気をつけながら。

高校一年生のときに同じクラスになってからだから、天貝倫太とは、もう五年の付き合いになる。

最初は、ほとんど関わっていなかった。倫太はクラスの中心のグループにいて、わたしは目立たないグループにいたから、こっちが一方的に知っているくらいだった。

でも、わたしと同じグループだった女の子が、倫太と同じグループの男の子と付き合いはじめたのをきっかけに、少しずつ交流ができて、細いつながりを必死に守った結果、こうして卒業した今でも、数ヶ月に一回は集まって飲んだりする仲にはなった。

五年のうちに、わたしは二回、倫太に告白している。高校の卒業式のあとと、成人式のあとの飲み会でだ。このペースでいくと、大学の卒業式のあとにも告白することになるかもしれないけど、倫太は大学に行ってないし、今のところ予定はない。

一度目は、彼女いるから、と断られたけど、知っていたので、ショックは受けなかった。隣の女子高に通う一つ下の可愛い彼女は、しょっちゅう噂になっていたし、実際に何度か見かけたこともあった。ただ告白することでスッキリしたかった。

それにくらべると二度目は、期待していた。直前に倫太は彼女——当然のように高校の卒業式の時点で付き合っていた女の子とは違う子だった——と別れたばかりで、かなり落ち込んでいると、倫太の男友だちが噂していた。倫太に彼女がいないなんて珍しいことだし、失恋直後はチャンスだというのはよく聞く話だったから、望みを持って、もう一度告白することを決意した。

そして成人式のあとの飲み会で、倫太と二人きりで話す状況を作り出すのに成功したわたしは、意を決して言ったのだ。よかったら付き合ってほしいんだけど、と。

倫太はしばらく黙っていた。考え込んでいる様子だった。明らかに卒業式のときとは違った。わたしはひそかに望みを膨らませていた。

だけど直後、倫太の口からようやく出た言葉に、わたしは驚かされることとなる。

「吉村《よしむら》って処女なんだよね？」

ストレートな質問だった。え、と言って、わたしはちょっと笑った。でも倫太はちっとも笑わなかったから、正直にうなずくよりほかなかった。

「そういうの、めんどくさい。ごめん。おれじゃなくて、もっとちゃんとしたやつがいいと思うよ」

倫太は酔っていて、顔が赤かった。でも多分酔っていなくても同じことを言ったに違いない。

自分が怒っているのか、悲しんでいるのか、わからなくなった。わたしも少し酔っていたこととは関係なく。処女が手渡しであげられるようなものなら、今ここにいる誰かに渡すかもしれないけど、もちろんそうじゃなかった。別に泣きたくはなかったけど、泣いてもいいのかもしれないなとは思った。

倫太はバカなんだと思う。勉強もずっとできなくて、ほとんどの科目で赤点だった。驚くくらい物を知らないし、知ろうともしてない。バカだから、少しくらい嘘をついてうまく告白を断ることすらできない。

ただ時々、わたしと倫太のどっちがバカだろうと考える。

学力や知識なら、絶対に負けるはずがないけど、わたしだって相当のバカだ。ひどい断り方をした倫太のことを、一年近く経っても好きでいるなんて。わざわざ遠回りのルートを選んでまで、倫太と少しでも長く中央線に乗ろうとするなんて。

犬だって、ネズミだって、痛い目にあったら学習する。近寄らないようにする。倫太は無意識に、しょっちゅうわたしを傷つける。たとえば平気で女とのエロい話をする。多分わたしが告白したことなんて、記憶から抜け落ちてるから。痛いと思いながら、離れることができない。バカみたいだ。いや、みたいじゃなくて、やっぱりバカなんだろう。

告白直後、わたしは、自分がどのくらい怒ってるのか悲しんでるのかわからなかった。どうやらその状態はずっと続いているみたいだ。今でも倫太といるとき、わたしは自分がどんな感情なのか、わからなくなってしまう。

電車を何度か乗り継いだ。千葉都市モノレールという、初めて乗る路線まで使って、わたしたちは千葉市動物公園にたどりついた。倫太の見たいコツメカワウソがここにはいるから。

コツメカワウソを、最初はニュースで見たのだそうだ。それからネットで見るようになって、絶対に実物を見なくちゃいけないと思ったのだと、さっき電車の中で語られた。だけど別に、動物が好きとかそういうことじゃないらしい。全然わからない。

コツメカワウソの何がそんなにいいの、と訊ねたら、目かなぁ、と答えられた。コツメカワウソの目は、倫太にとって、どれほど魅力的な存在なのか。

「さみー、さみー」

モノレールを降りてから、倫太は同じ言葉を繰り返している。強い冬の風が容赦なく、徹夜明けのわたしたちを襲う。

駅名が、動物公園駅となっていたから、きっと近いんだろうと思っていたら、本当に近かった。徒歩一分もかからずに、ゲートにたどりつく。倫太が機械で入園券を二枚買ってくれた。入園券はコツメカワウソの写真がプリントされたもので、倫太はそれだけで声をあげた。

入園券の中のコツメカワウソは、わたしが思い描いていたカワウソそのものだ。くりっとした黒い目。可愛いけど、そこまで惹きつけられるかというと、わからない。顔に比べて少し大きく思える体。バックにはプールなのか水があり、灰色の毛も少し濡れたようになっている。

わたしは財布を取り出し、あることに気づく。

「ごめん、細かいお金ないよ」

「いいよ、誘ったのこっちだし」

「別に大丈夫だよ。ちゃんと払うよ」

「いいって。安いし。おれ、社会人だし」

ありがとう、と言った。おごられたのなんて初めてかもしれない。

社会人とはいっても、勤めている印刷会社の給料は安いらしい。いつも愚痴っている。

日曜日だけど、思ったよりも、というかかなり、すいている。入ってすぐの広場的なスペースには、係の人たちを除けばわたしたちしかいない。わたしは言った。

ありがたく受け取った入園券を、係の人に渡して、ゲートをくぐった。

「誰もカワウソ見に来てないのかな」

倫太は、解せない、という顔をして首をかしげてから、ちょっとタバコ、と灰皿の置かれた喫煙スペースに近づく。少し離れたところから見た。タバコは嫌いだけど、タバコを吸う倫太の横顔は嫌いじゃないといつも思う。

置かれたラックから園内案内マップを一枚抜き取り、広げて見てみる。いくつかのゾーンに分かれていて、かなりの面積がありそうだ。コツメカワウソがいるのは、鳥類・水系ゾーンだろうか。

タバコを吸い終えた倫太がこちらに近づいてきて、わたしの持つマップを覗き込む。

結構広いんだな、と同じ感想を口にした。

「行くか。とりあえずこっちだよな」

わたしたちは歩き出す。周囲に植えられた木のいくつかは、葉っぱをすべて落とし、枝と幹だけになっている。冬。風のせいか、隣の倫太から、タバコの匂いがした。

寒いな、と思っていると、さみーな、とまた倫太が言った。直後、右手に感覚があった。

手をつながれた。

わたしの右手と、倫太の左手がつながっている。互いの指が交互に組み合わされている。状態を理解しても、呑み込めないものは残る。足だけを動かしながら、倫太が説明してくれるのを待った。

でも倫太はさみーな、としか言ってくれない。寒いから手をつなぐんだろうか。でも倫太の手をあたたかく感じるから、きっと向こうにとってはわたしの手は冷たいはずだ。

（処女と手をつなぐのはめんどくさくないの？）

胸の中に浮かんだ言葉を、そのまま口にしないのは、手をほどかれてしまうかもと思ったからだ。ほどいてほしくない。絶対。

倫太が看板をそのまま読みあげる。

「モンキーゾーン」

「ほんとだ、サルいるね」

わたしは普通に答えた。普通の口調で、普通のスピードで。つないでいる手のことなんて、まるで気にしてないふうに。本当は意識のすべてがそこに向かっていて、モンキーゾーンにも全然集中できていないのに。

モンキーゾーンに合流すると、自分たち以外のお客さんの姿を何組も見ることができた。家族連れが多い。彼らには、わたしたちはカップルだと見えているだろう。実際は二回もフラれているというのに。

鼓動が伝わりそうで、緊張する。手をつないだくらいでこんなにも緊張している存在は、倫太にとってどれほどめんどくさいものになってしまうんだろう。心臓の音が、手から聞こえてしまわないことを祈る。

サルが種類ごとに並んだ檻を、端から一つずつ見ていく。どのサルも退屈そうだ。

寝ているものも多い。

「ジェフ、ロイク、モザル……。絶対憶えられないな、これ。そもそもどこで切るんだよ」

文句を言う倫太に、モザル、じゃなくて、クモザル、じゃないの、と突っ込みを入れる。普通でいよう普通でいようと自分に言い聞かせている。手の温度が少しずつ上がって、倫太と同じくらいになっていくのがわかる。

「ジェフロイ、クモザル？　ジェフロイってなんだよ。誰だよ」

「知らないよ」

普段どおりに言おうとすると、必要以上にきつい言い方になってしまった。まずかったかな、と思ったけど、倫太に特に気にするような様子はなかった。次の檻の前へとうつる。

すべてのサルを見終わり、次の展示スペースである動物科学館に移ろうとするときも、わたしたちの手はつながれたままだ。

「さっきのサル、なんだっけ。名前」

「ジェフロイクモザル？」

「なんで憶えられんの？　ジェフロイクモザル、ジェフロイクモザル……。だめだな、どう頑張っても憶えられる気がしない」

「今さっき見たところじゃん。わたしも、帰る頃には忘れてるかもしれないけど」

「ジェフロイクモザル、ジェフロイクモザル」

暗号のようにつぶやいている。でも五分後には忘れていると賭けたっていい。

動物公園の中をある程度見て回ったあとでも、倫太の左手はわたしの右手とつながっていることを、大げさでもなんでもなく、奇跡みたいだ、と思っている。

「なぁ、一句できた。心の俳句」

唐突にそう言われた。

「動物園思ったよりもすいてるよ。どう」

「俳句って、季語がいるんじゃないの。あと、よ、っておかしいでしょう」

「キゴ？　キゴってなんだっけ。あー、季節表すようなやつ？」

季語も知らないのか、とちょっと驚く。驚く代わりに、幻滅したり嫌いになったりできればいいのに、全然そんなふうにはなってくれない。

「そう。季節表す言葉」

「お手本見せてよ、お手本。おれだって一句披露したんだから」

「お手本って、わたし、俳句作ったことなんてないよ。勝手に披露したんじゃん」

「だって吉村、大学で国語系の学科通ってるんでしょ」

「日本文学科」

「じゃあ俳句くらい簡単だろ」

簡単なわけないでしょう、と言い返すのも、もう面倒になってきたので、わたしは必死に考えてみる。俳句。中学校のときの夏休みの宿題で提出したことがある気がするから、それ以来だ。当然大学でも習っていない。

「……北風と一緒に歩く動物園」

北風は季語でいいんだろうか、と不安になりながら言った。小学生レベルかよ、と突っ込まれるかと思ったのに、倫太が隣で、すげーな、と言った。俳句のプロになればいいのに、とまで。俳句のプロ、だなんて、すごい言い方だ。

「なれないでしょ」

わたしが答えると、それ以上はもう、何も言われなかった。しばらくしてから、あれ、やっぱりいないな、とつぶやく。

「なにが？」

「コツメカワウソ」

そういえば見ていない。黒目がつぶらな、コツメカワウソ。

「鳥類・水系ゾーンだと思うんだよな。ちょっと戻っていい？」

うなずいた。

それから倫太は、あ、と声をあげる。

「トイレ寄ってくる」

声をあげたのは、トイレの表示看板を見てのことらしい。今度はわたしのうなずきも返事も待たずに、そっちの方向へ歩き出した。

手がほどかれる。つながれたときと同じように、何の予告もなく、自然な流れで。

こっちの状態が普通なのに、ほどかれたことで、思った以上に強い寂しさが生まれる。仕方ないので、両手を組んで、マッサージのように揉んでみる。さっきまでつながれていた手とはまるで異なる自分の手。

トイレから戻ってきた倫太と、コツメカワウソを探すために歩き出す。また手をつないでくれないかなと期待していたのに、全然そんな気配はない。つないでいたことを忘れてしまったかのようだ。

鳥類・水系ゾーンは、既にすべて見ているはずだった。でもきっと見落としたに違いないと思い、もう一度、さっきよりもゆっくり回ってみるけど、コツメカワウソは発見できない。

「おかしいなー。マップちょうだい」

言われて、マップを手渡した。目を落として、情報をチェックしていた倫太が、違った、と声を出した。

「小動物ゾーンの説明にカワウソって書いてある。こっちかも」

鳥類・水系ゾーンと小動物ゾーンはすぐ近くだ。わたしたちはどちらからともなく早歩きになる。

また同じように、それらしき場所を探すけど、レッサーパンダしか見つけられない。木に登って、時々こちらをうかがう様子のレッサーパンダたちはとても可愛いけど、今探しているのは彼らじゃなかった。

「おかしいなー。どこにいるんだろう。あ……すみませーん」

清掃している係の人を見つけた倫太が、近寄っていき、声をかける。三十代くらいに見える男性だ。

「コツメカワウソってどこにいますかね？」

「あ、こっちですよ」

わざわざ掃除の手を止め、案内してくれる。わたしたちってどういう関係に見えますか、と浮かんだ質問は、もちろん口にしない。

「ここをまっすぐ行ったところです」

教えてもらったのは、すぐ近くの道だった。人の通りもあまりないので、単なる通路だと思ってしまっていたのだ。ここにカワウソがいるのか。ありがとうございます、と頭を下げて、今度は早歩きじゃなくて小走りになった。

「いた」

倫太が指をさす先には、確かにコツメカワウソがいた。積み重なって置かれた丸太の上で、何匹かでかたまっている。丸ごと一つのかたまりになっているみたいだ。全部で何匹いるのかわからない。しっぽや頭から、三匹くらいまでは確認できるけど。

一匹が顔を上げて、体を起こした。思わず、あっ、と声をあげると、倫太の声と重なった。わたしたちは笑う。

距離があるので、写真で見るよりも小さいけど、やっぱり可愛いと思った。小さな前足を丸太に乗せて、黒い目をくりくりと動かしている。首まわりだけは毛が白くて、あとはグレーだ。

「可愛いね」

わたしは言い、隣の倫太を見た。倫太は微笑みながら、視線をカワウソから動かさずに言った。

「最近さ、ちょっと好きだった子がいて、その子がカワウソ好きって言ってたんだよね、実は」

「そうなんだ」

他に何も言えなくて、わたしも視線を倫太からカワウソに戻した。本当はちょっとじゃないんだろうなというのはすぐにわかった。わざわざ時間をかけて、電車を乗り継いでまで、見に来たくらいなんだから。

「でもその子、彼氏いるからな」

言い訳するような言葉だった。わたしはやっぱり、そうなんだ、としか言えない。

倫太の好きな女の子はどんな子なんだろう。今も彼女のことを考えながら、コツメカワウソを見ているんだろうか。会ったこともないその人がうらやましくて苦しくなる。でも彼女がいなかったら、こうしてここに二人で並ぶこともなかっただろう。だからうらやむんじゃなくて感謝すべきなのかもしれない。

しばらく黙ったままで二人でコツメカワウソを見ていた。

「水には入らないのかな」

倫太は残念そうに言った。泳ぐ姿を見たいのかもしれない。

コツメカワウソたちが水に入ればいいな、と思った。倫太がそれを望んでいるから。念をこめながら視線を送るけど、かたまりになっているコツメカワウソたちは、ちっとも動き出しそうにない。

注文したチャーシュー麺が運ばれてきて、テーブルの上に置かれる。器の中身を確認した倫太は、失敗した、と口にした。

「失敗？」

「ネギ抜きって伝えるの忘れてた」

ネギが嫌いらしい。倫太は嫌いなものばかりある。みんなで飲んでいたときなんかにも、これ食べられない、と言っていたのを何度か耳にしている。

嫌いなものだらけの倫太にとって、自分はどのくらいの位置にいるのだろうと思った。さすがに嫌いなものじゃないことはわかるけど、かといって、好きなものに入れてもらえる自信もない。

こうやって千葉駅前の中華料理店に入ったのは、倫太が、腹減ったなと言ったからだ。朝ごはんの牛丼がまだ胃の中に残っている感覚があるし、眠っていないせいもあって、わたしはさほど空腹は感じていなかったけど、食事の誘いを断ろうとは思わなかった。

「やるわ」

割り箸で、既に運ばれてきていたわたしの担担麺に、刻まれたネギを移動させていく。ひととおり終えたところで、箸を止めて、こちらを見た。

「ところで吉村って、今どこに住んでるんだっけ？」

わたしは最寄り駅の名前を言ってから、近所には相変わらず、マリン美容室があるよ、と付け足した。

ところが倫太は、首をかしげながら言った。

「おれ、部屋に行ったことあったっけ？」

「あるよ。カレー食べたじゃん」

わたしは思わず苛立ちながら答える。去年の夏、倫太を含めた四人がわたしの部屋にやってきた。わたしが作ったカレーをみんなで食べて、近くの公園で花火をした。駅まで向かう道で見かけた、マリン美容室の看板に爆笑した。陰でマリンというあだ名がついている、高校時代の古典の先生のことを思い出したからだ。マリンこんなところにいたのかー、マリン元気してるのか、と内容のないことを言い合い、夜中の路上で笑ったのだ。

「そうだったっけ」

倫太はすっかり忘れているらしかった。

ガッカリしたけど、考えてみれば、ずっとそうだ。部屋に来たことだけじゃない。多分今日見たサルの名前も、わたしの告白をどんなふうに断ったかも、この人は忘れてしまっている。いつだって、なんだって、さっぱりと忘れてしまうのだ。

だから今日、二人で千葉市動物公園で、寒い中歩き回って、いくつもの動物を見たことも、交わした会話の内容も、コツメカワウソを発見したときの喜びも、すぐに忘れてしまうに違いない。自分から手をつないできたことだって。

日付の入った入園券は、バッグの中に入っている。コツメカワウソの写真がプリントされた入園券。これも倫太は明日か明後日には失くしてしまうだろう。わたしにとっては宝物で、五年だって十年だって保存してしまうのに。

年月に思いを馳せながら、わたしの中で一つの決意が生まれる。

「わたし、百歳まで生きようかな」

「今日、そんな長生きの動物見たっけ？」

「違うけど」

百年くらい生きて、倫太のことを憶えていようと思う。すぐに忘れられてしまう分、わたしだけはずっと憶えてる。今日の動物公園が、どんなに嬉しくて、どんなに楽しかったか。倫太の手がわたしの手よりどれくらいあたたかかったか。思い出を抱えて、百年生きていく。

「変なやつ」

言われて、変なのはそっちでしょうと思ったけど、あえて言い返さない。

「わ、ネギまだ入ってた」

倫太は顔をしかめる。すべて取り除いたつもりで、どうやら食べてしまったらしい。

「おいしいのに、ネギ」

わたしはもらったネギを食べる。これを食べ終えたら帰らなきゃいけないから、食べ終えたくないくらいだけど、それは無理だ。だから食べる。自分がどれくらい満腹なのかよくわからない。自分が今どれくらい嬉しくて、どれくらい悲しいのかがわからないのと一緒だ。

「でも今日、楽しかったな」

特に感情のこもっていない声で倫太が言う。実際、本人がなんでもないことだと思っているのを知っている。

だからわたしもなんでもないことのように言った。

「楽しかったね」

第3話　見えないものを受け取って

（香港）

羽田空港に向かう早朝のバスの中でも、ずっと、どうすれば断れたのかということばかり考えていたが、キャセイパシフィックのラウンジに入り、うちのへたれたソファとはまるで違う、適度な固さの一人がけソファに腰かけ、大きな窓から滑走路を見るとようやく、これから出発するのだなという期待がじわじわと胸に広がっていくのを感じた。

「すごいね。ラウンジってこんなふうになってるんだ」

興奮のせいか、周囲をきょろきょろと見渡した理佐《りさ》は、早口になっている。

わたしも周囲を改めて見渡してみる。一人でいる女性や、出張なのかスーツ姿の男性たちなど、客層はさまざまだ。いずれにしても、いる人たちがお金持ちに見えてしまうのは、彼らがラウンジを頻繁に利用できる状況にあると想像してしまうせいだろうか。自分たちを場違いのようにも感じつつ、さっきグラスに注いできたオレンジジュースを口に含む。爽やかな匂いと味が、まだ目覚めきっていない身体を、柔らかく起こしてくれるような気がした。

「噂の担担麺食べようよ」

理佐があまりにも嬉しそうな様子で言うので、わたしは、張り切りすぎだよ、と笑った。同時に席を立つ。

ラウンジで食べられる担担麺がとにかくおいしいらしいよ、というのは理佐が何度となく言っていたことだ。これから中華料理をたくさん食べることになるので、わざわざ羽田空港で食べることもないのではないかと思い、そう言ったが、でも絶対食べたほうがいいっていろんなブログに書いてあった、と理佐は譲らなかった。

麺にかぎった話じゃない。この旅行にあたっての理佐は、いつもよりずっと頑固だ。わたしが何度も、キャンセル料はわたしが負担するし、旅行は改めてにしたいと申し出たが、そのたびに、せっかくなんだから、とやんわりと、けれど絶対に譲らない空気を出して断られた。そうこうするうちに、出発の日程は迫り、こうしてわたしたちは、朝のラウンジにいる。生まれて初めて足を踏み入れる場所だ。

一つを二人で分けようと思っていたが、思いのほか器が小さいことがわかり、それぞれが担担麺を抱え、香港のガイドブックを置いたままの席まで戻る。

器の中身は、ずいぶんとシンプルな見た目だ。白みがかったオレンジのスープの中にちぢれた麺。上にはわずかにネギがのっているのと、赤い辣油《ラーユ》がかけられているくらいで、確かに一人でも軽く食べきることができそうだ。

「いただきます」

「いただきます」

一口食べてびっくりした。まろやかで、胡麻の風味が濃厚で、辛みがじわっと広がっていく。

「おいしい」

「おいしい！」

わたしたちはほぼ同時につぶやいた。理佐の声のほうが勢いがあったが、おそらく同じくらい感動しているのがわかった。

「これは確かに食べるべきだね。わたし、もう、香港行かなくてもいいかも」

理佐の言葉に頷き、二口目を含む。後半の意見に関しては、わたしのほうが心から思っているに違いないと考えながら。

目の前のテーブルは木製だ。テーブルのみならず、天井や柱など、木材がところどころに使われていて、あたたかみがある。長居してしまいそうな雰囲気で、本当に香港にわざわざ出かけなくてもいいような気がしてきてしまう。もちろんそんなわけにいかないのはわかっているが。

そんなに空腹感をおぼえていた自覚はなかったが、担担麺は残さずに食べ終えることができた。わたしが箸を置くのを見て、既に食べ終えていた理佐が、あのさ、と言った。

さっきまでの、おいしいおいしいと連発していたときとは、どこか異なる口調だったので、どんな話題が切り出されるのかと思っていたら、フレンチトースト食べない？　と言う。

「フレンチトースト？」

「そう。ホテルオークラのフレンチトーストが食べられるんだって、ここ」

そんなことまで調べていたのか、と驚いた。いいよ、と答えると、じゃあ取ってくるね、と即座に言って席を立ち上がり、再びフードカウンターへと向かう理佐は、あまりに嬉しそうで、短大時代からの友人というよりも、親戚の子どもみたいに思えた。

空になった茶色の器を見ながら、しっかり朝ごはんを食べるのなんて久しぶりだな、と気づく。史嗣《ふみつぐ》と別れてからは初めてかもしれない。

史嗣は早寝早起きが身についていた。昔からそうだったと言っていた。だからうちに泊まったときは、たいてい彼のほうが先に眠って、彼のほうが先に起きた。そしてベッドの中のわたしを、朝ごはんできたよ、と起こしに来てくれるのだ。

彼が用意してくれる朝ごはんが好きだった。トーストと目玉焼きとか、前日に買っておいたパンとヨーグルトとか、本当に簡単なものではあったけど、一人で食べるときより、ずっとおいしく感じた。テーブルが幸福の象徴みたいだった。もっとも、食べている最中に思ったのではない。彼と別れて、思い出しているうちに、そう感じられるようになったのだ。

幸福を浴びるようにして過ごしていたのに、さして意識もしていなかった。ずっと続くと思っていたからだ。数ヶ月前に戻って、ずっとなんてないのだ、と、わたしが当時のわたしに伝えたところで、その言葉の意味なんて理解できないだろう。

史嗣のことを考えていても、最近はもう涙は出ない。ただ、酸素が薄くなってしまったように、息が苦しくなる感覚がある。これが後悔というものだとするなら、わたしが今まで後悔だと思っていたものは、一体なんだったのだろう。

「お待たせー、超おいしそうだよ」

戻ってきた理佐の両手には、黒いトレイがあり、上にはフレンチトーストののったお皿がある。適度に焦げ目がついた、見るからに柔らかそうなフレンチトーストは、甘い匂いを漂わせている。おいしそう、とわたしは言った。

機内に乗りこんでみて、指定された座席が、間違いではないかと疑ってしまった。そのくらい豪華だったのだ。これではビジネスクラスではなくファーストクラスではないかと、何度もチケットと座席番号を見比べたが、どうやら合っているようだった。

「すごい、すごい、えっ、すごいね」

理佐にしても、驚きは隠しきれないらしく、興奮した様子で同じ言葉を繰り返す。

スペースを広く取るためか、斜めに配置された席は、シートというよりも、ベッドのようだ。リクライニングも自由にできる。両側の壁には高さがあり、個室気分を味わえる。座席が隣同士ではなく、前後同士になっていたのを不思議に感じていたが、こういう構造だったからか、と納得した。

「やばいね、またエコノミークラスの身体に戻れるかな」

後ろの理佐が立ち上がって、こちらに向かって、真剣なトーンでそう言うので、わたしも不安になってきてしまう。

今度はわたしが、シートの上に膝立ちになり、後ろを向いて言った。

「この時間のことは、夢だと思って忘れるようにしようよ」

理佐は笑い、頷いた。わたしも頷き、また座る。座り心地も、今まで乗った飛行機とはまるで異なっている。

バッグの中からガイドブックを取り出し、脇のシートポケットに入れ、バッグは、分離されて配置されている足置きソファ下の広いスペースに収納した。

ガイドブックは、買ったきり、ほとんど開いていなかった。開く気にならなかったからだが、約四時間の飛行時間のあいだに、見ておこうという気持ちになっていた。少なくとも、数時間前に家を出た瞬間よりは、旅行に対してずっと前向きな気持ちになれている。そのことに安心した。

今回の旅行に関しては、多くを理佐にまかせた。

最初はそうではなかった。夏休みを合わせて取ってどこかに行こうというのも、ビジネスクラスで行く香港という見出しのパンフレットを手に取ってはしゃいだのも、二人揃ってだった。カフェでそれぞれタブレットを開いて、これがおいしそうだとか、ここが楽しそうだとか騒いでいた瞬間には、自分が旅行したくなくなる可能性についてなんて、まるで考えもしていなかった。

それはすなわち、史嗣と別れてしまう可能性を考えることだった。そんなの頭をよぎるはずがなかった。だったら結婚する可能性とか、一緒に部屋を借りる可能性のほうが、よっぽど現実味があった。

でも事実として、わたしが理佐と香港旅行の話をしている瞬間も、初めて乗るビジネスクラスというものに思いを馳せていた瞬間も、史嗣は知り合ったばかりの女性に、どんどん心惹かれつづけていたのだ。そのことを考えると絶望的になるが、現実なのだからしょうがない。

「失礼いたします。加賀《かが》さま」

不意に名前を呼ばれ、わたしは顔を上げた。キャビンアテンダントの女性が、柔らかく微笑み、こちらを見ている。今自分は、どんな表情をしていただろうかと思う。

「わたくし、本日のフライトを担当させていただきます、小泉《こいずみ》と申します」

彼女が胸元のネームプレートを自分の指先でなぞる。そこにはローマ字で彼女の名前が記されていた。

「何かありましたら、いつでもお申しつけくださいね」

頭を下げられたので、こっちも慌てて頭を軽く下げ、よろしくお願いします、と言った。どう答えるのが正解なのかわからない。こんなふうに挨拶されるのは初めてだった。ビジネスクラスってすごいな、と子どもみたいな感想を持った。

空港で利用したラウンジと、今座っているシート分で、支払った金額くらいの価値はあるのではないかと思えてきた。これに現地でのホテル代までついていることを考えると、旅行会社の担当者が、かなりお得なパックですよ、と熱弁していたのも、大げさではないのかもしれない。

早めの夏休みということで、七月上旬というこの時期を選んだのは、理佐と意見をすり合わせてのことだった。社内では毎年、おそらく世の中の多くの人がそうであるように、お盆前後に夏季休暇を希望する人が多く、彼らのほとんどが家族を持っているため、わたしのように実家も近くにある単身者は、あえて時期をずらして連休を取るのが常になっているのだ。

入社して四年。今までは九月に休暇を取っていたのだが、今年は、一緒に旅行しようと声をかけてきた理佐が、七月のほうが休みが取りやすいということで、決まった夏休みだった。

理佐と旅行しようと思うんだけど、と史嗣に話したとき、彼は、いいじゃん行ってきなよ、と、自分のことのように楽しそうに言ってくれた。彼はいつもそういうふうに、わたしが楽しむことを喜んでくれていたのだが、今となっては、わたしがいない間に彼女と会えると考えていたのだろうか、といやな方向に考えてしまう。

好きでたまらなかった彼の明るさや優しさを、別れてしまった今、素直に思い出すことができないのが悲しい。わたしを救ってくれていたはずの気遣いすら、本当は別の意図があったのではないかと、いくらでも暗い想像に結びつけてしまえる。

離陸が近づいているという機内アナウンスが流れ、シートベルトを装着する。

史嗣は飛行機が苦手だった。たまにある遠方への出張を、心からいやがっている様子だった。付き合っていた三年のあいだ、何度も旅行に出かけたが、飛行機に乗る旅は一度だけだった。隣の席で不安そうな表情を浮かべる彼を見ていると、可哀想になり、一方ではどこか愛しくもなっていた。新婚旅行は船の旅にしようか、なんて話していたのを、彼は憶えているだろうか。憶えているのと、忘れてしまったのと、どっちがより悲しいことだろう。

彼の浮気は、彼女に送るはずのメッセージを、間違ってわたしに送信してしまったという、間抜けな形で発覚した。消してしまったメッセージを、それでも一字一句記憶している。めったに使うことのない絵文字が入っていたのも印象的だった。けれど、浮気ではなかったのかもしれない。結果的に、彼は彼女ではなく、わたしとの別れを選び取ったのだから。

最初、単なる間違いだと彼は言った。男友だちが自分に間違って送ってきたメッセージをコピペして、それを間違って茜《あかね》に送ってしまっただけだと。無茶苦茶な言い訳だった。とても信じることはできなくて、問いただすうちに、真相が明らかになったのだが、別れが決まってから、繰り返し思わずにはいられなかった。

あの無茶苦茶な言い訳に、納得したふりをしたなら、わたしたちは、まだ一緒にいられたのではないだろうか。離れつつあった彼の心は、長い時間を過ごすうちに、再び戻ってきたのではないだろうか。

彼の荷物をまとめて送ってから、もう一ヶ月以上が過ぎたのに、いまだに考えつづけている自分を惨めだと自覚している。しかも、彼の浮気を止めるのではなく、気づかないふりをすることで別れを避けられたかもしれないと想像するなんて、ますます間抜けだ。意味のない間抜けな惨めな想像。わかっているのに、自分の気持ちは、なかなか動き出してはくれない。

ゆるやかに走り出していた機体が、傾くのがわかった。離陸だ。

香港のことを考えるために、わたしはシートポケットに入れた真新しいガイドブックに手を伸ばす。

東京も充分に暑いと感じていたが、香港はそれ以上に暑かった。温度の問題というより、湿度の問題だろう。熱を伴った空気が、自分にまとわりついてくるような感覚。

一方で室内は、エアコンがかなりきいているのか、涼しいを通り越して肌寒さを感じるくらいだ。チェックインしたホテルの部屋も例外ではなかった。壁につけられていたリモコンで、さっそく温度を上げたものの、外との気温差はかなりありそうだ。

「苦しい」

ベッドに横たわって、理佐が言う。

「ほんと」

わたしもまたベッドに横たわっていた。

ラウンジで朝食を取ったにもかかわらず、機内食まですべて口にした上(コース形式で順番に出てくるなんて思わなかった、と理佐は飛行機を降りてから何度も言った)、ホテルまでの道のりで、乗り換える駅の中にある点心のお店に入り、どのガイドブックにも載っていたチャーシュー入りメロンパンを食べた。行列しているお店だったこともあり、一品だけ頼むのももったいないと言い、大根餅や料理名のわからないお肉の点心も食べた。苦しいのも当然だ。

史嗣がいたなら、焼売を頼むだろうな、と考えていた。彼は焼売が好きなのだ。何種類もあったから、どれも制覇したいと言い出したに違いない。彼がいたなら、チャーシュー入りメロンパンは食べられなかったかもしれない。いや、でも、わたしよりずっと多く食べるから、意外と平気で平らげてくれただろうか。

「でもどれもおいしかったよね」

理佐に言われて、わたしはまた自分が無意味な想像にひたっていたことに気づく。

「確かに」

強く同意してから、特に匂いのしないベッドシーツの感触を確かめた。自分の部屋のベッドよりも、しっかりと硬い。旅に来た感じはするけれど、まだ海外に来たという感じはしない。

フロントでは英語でやり取りをした。わたしも理佐も、そんなに英語ができるわけじゃない。むしろできないほうだ。それでも大体のことは紙にまとめられているため、特にわからないことはなさそうだった。わたしは書かれていたことを思い出す。

「そういえば、Ｗｉ‐Ｆｉ使えるんだよね。この部屋」

「あ、そうだね」

理佐は同意したが、実際につながるかを試してみる気配はなさそうだった。少し意外な感じがした。理佐はなにかというと、携帯電話やタブレットを操作しているイメージがある。

もっともわたしにしても、動く気になれない。お腹が重たい。

「もう夕方だけど、夜までお腹すく気がしないよね」

「しないね」

またも理佐は即答したが、そのあと、わたしにとっては予想外な言葉が彼女の口から出てきた。

「でも、もう少ししたら出かけようよ」

「え。どこに?」

「街歩き。あと、毎晩、ショーをやってるスポットがあるらしいから、そこに行こう。レーザーとか音楽とか使ってるんだって。かなり派手な感じだよ」

言われて、機内で読んでいたガイドブックにもそんなことが書いてあったのを思い出した。もともと香港の夜景は有名だ。でも今は、自分の身体の重さのほうが、よっぽど切実だった。

「明日でいいんじゃないの?」

わたしは言った。そうだね、という返事が来るものと思いきや、そうではなかった。

「今日見ておこうよ。明日は天気悪いかもしれないし」

二泊三日の旅行ということは、夜は二回だけだ。天気の保証は誰にもできない。言われてみれば、受け入れるよりほかなかった。

「理佐、元気だね」

わたしの言葉に、理佐は、そりゃそうだよ、と返した。
「だってせっかくの香港なんだから」
もっともな意見だけれど、普段の理佐を考えると、似合わなかった。学生時代から
どちらかというと、わたしのほうが、主導権を握って決めていくことが多い。明確な
力の差があるわけではないものの、こっちからの提案を断られた記憶はそんなにない。
今行かないと絶対後悔するって。
旅行のキャンセルを申し出たときに、理佐はわたしに繰り返し、そんなようなこと
を言った。社会人になってから、なかなか休みが合わせにくいのは事実だが、かたく
なに香港旅行にこだわる理由は、いまだによくわからない。香港が理佐にとって、憧
れの土地であるということも、パンフレットを見ていたときには特に言い出していな
かった。台湾や韓国もいいかもね、なんてギリギリまで悩んでいたのだ。
「よし、じゃあ、五分後に立ち上がろうね。メイクして出かけよう」
提案されて、わたしは、んー、と答えた。我ながら情けない声だった。
わたしたちは二人とも、素肌に日焼け止めを塗っただけの状態だ。メイクはほぼし
ていない。五分後の自分に、気力と体力が湧きあがるとも思えないし、五分後の自分

の胃袋が軽くなっているとも考えづらい。でも提案には逆らえない雰囲気があった。

少しでも身体が軽くなることを願いつつ、わたしは目を閉じた。


「どっちがダサいかな、これ」

理佐が並べて悩んでいるのは、二つのマグネットだ。片方は「I LOVE HONG KONG」と書かれていて、もう片方は、香港のものらしい夜景が立体的になっていて、片隅には「香港」の文字。正直どちらもものすごくダサい。

さっきまでわたしたちは、ショーを見ていた。対岸の、輝くような高層ビルに、レーザーが次々と飛び交っていく。光や音に時おり、見ている人たちの中から歓声があがった。

ここは男人街《ナンヤン》と呼ばれるナイトマーケットだ。おそらく偽物に違いないブランド品のバッグだとか、Tシャツだとか、さまざまな商品を売る露店が出ている。その中の一つで足を止めて、理佐はマグネット選びを始めたのだった。

職場の先輩に、ダサいマグネットを買っていくのだと決めているらしい。謎の決意だが、選んでいる横顔には真剣さがある。

わたしは、歩いてきた風景を思い出す。

ショーの会場から男人街までは、駅一つ分ほどの距離がある。駅同士の間隔は、さほどの長さではないのだが、夜になっても暑さはおさまっていない。時おり涼しい夜風が吹くものの、空気中から熱がひくことはなく、ホテルからペットボトルのミネラルウォーターを持参したのは正解だった。首筋や背中に汗をかいているのを感じる。シャワーを浴びたい。

建物も密集しているが、人もまた多い。まるで知らない、聞き取れない言葉が飛び交っている中を歩くうちに、少しずつ、海外に来たという実感を得ていった気がする。

「決めた。こっちにする。これ、いくらですか？　ハウマッチ？」

理佐が、こちらを見ていた店員のおじさんに声をかける。おじさんは表情を変えることなく、電卓に数字を打ち込んでいく。理佐が選んだのは、夜景のほうのマグネットだった。

史嗣だったら、どんなふうに言うのかな、と思う。立ち並ぶ露店をおもしろがるだろうか。それとも素通りするばかりで、さして興味を示さないだろうか。どちらもありうる気がする。

日本と香港の時差は一時間。日本は今、午後十時くらいだ。彼は仕事をしているだろうか。あるいは彼女と。

「はー、ダサいの買えて満足。もう少し見て回ろうか」

値段交渉もすぐに折り合いがついたのか、理佐は明るい声をあげて、わたしに言う。わたしは慌てて、よかったね、と笑顔を作った。

香港まで来ても、同じことばかり思っている。

目を開けると、そこは機内だった。

少しの間、眠っていたようだった。

シートは倒し、フルフラットに近い状態にしてある。やっぱり、シートというよりもベッドのようだ。眠っているあいだに日本に帰れるなんて、なんて贅沢なのだろう。またエコノミークラスの身体に戻れるかな、と行きのフライトで理佐が言っていたのを思い出す。確かにこの快適さに慣れてしまうのは怖いほどだ。

行きと同様、後ろの座席にいるはずの理佐は、おそらく眠っているだろう。見るまでもなく確信できた。

わたしは身体を起こし、ほんの二時間前までいた香港のことを思い出していく。あっというまの二泊三日だった。旅行するたびに、時間の流れ方はあっというまだと感じるけど、特にそうだった。

香港で口にした、何もかもがおいしかった。知らない料理はもちろんのこと、知っている料理も、まるで別物だった。いつも予想が裏切られる。

一日目の牛乳プリンを思い出す。夜ごはんなんて考えられるような胃袋の状態じゃなかったけど、甘いものが食べたくなって、男人街を冷やかしたあと、牛乳プリンのお店に入ったのだ。

ガイドブックにも載っていた、有名な老舗であるらしいそこのプリンは、口に入れるなり、強い牛乳の味がした。素材そのものの、鮮烈で、強い印象を残す味。少し歩いただけの香港と、同じ印象を受けた。

わたしはバッグからガイドブックを取り出した。スーツケースに入れるつもりだったが、やっぱり手荷物のほうに入れておいてよかった。

タウンマップや、写真入りで紹介されている数々の名所。行きで見ていたときも興味を惹かれたが、実際に訪れた今は、親しみを強く感じる。早くも懐かしくさえある。

都会という点でも、東京に近いのかと思っていたけど、まるで別物だった。もっとパワフルで、もっとエネルギッシュだった。立ち並ぶ建物も、歩いている人たちも、誰もが強い思いを持っているみたいに感じられる。メインストリートを少し離れたような道でも、たいていそこには誰かがいて、他の誰かに対して、何かを主張するような声をあげている。

入らなかったほとんどのお店も、気になるものばかりだった。漢字からだけでは、何を売っているのかわからないような乾物店や薬局など。

そして飲食店。たくさんの飲食店は、どれも活気がある感じで、人が生きていくためには食べなければいけないのだというシンプルなことを、改めて考えずにはいられなかった。見て、食べて、歩いていく。

エネルギーはいつだってシンプルなものなのかもしれない。シンプルなものが渦巻いて、巨大な形になっているような、そんな街に思えた。そこにいるだけで、何かを受け取っているような気持ちになる場所。

ガイドブックから視線をずらし、脇のシートポケットに差している風車に目をやる。車公廟《チエクン》という寺院のものだ。ガイドブックにも、パワースポットとして紹介されていた。普段なら特に気にも留めないのだが、今はすがりたい気持ちだった。誰かが背中を押してくれるというのなら、頼りたい。ここに行きたい、と理佐に伝えると、行こう行こう、と快諾してくれた。今回の旅行で、わたしから行くことを提案した唯一の場所だ。

風車は縁起物なのだという。悪い気を追い払い、いい気を流し込んでくれる。占いや風水といったものはさほど信用していないけれど、街自体が風水の思想に基づいて作られ、あらゆる人が日常に風水を取り入れているという香港のものは、信じられそうな気がする。

風車の中央には、四字熟語が二つ縦に書かれた紙が固定されている。心想事成。思ったことが叶う。四方貴人。自分の四方を守ってもらう。あらゆる四字熟語が書かれた風車が並んでいる中、ガイドブックを片手に、一番自分に合いそうなものを選んだのだ。

スーツケースに入れてしまわず、手に持って帰るよう書かれていたので、こうして飛行機にも持ち込んだ。部屋に戻ったら、一輪挿しに入れてリビングに置くつもりだ。史嗣が風車を見たなら、何これ、とおもしろそうに言うんだろうな、と想像してみる。何これ。その声のトーンも含めて、鮮明に思い浮かべることができる。まるで既に言われたかのように。

でも、史嗣はもうやって来ない。

小さくため息がこぼれたが、行きのフライトで感じたほどの、息苦しさはおぼえなかった。

同時に、彼のことを思い出すのが、ずいぶん久しぶりであるように感じた。香港を歩きながら、ふとしたタイミングで思うことはあっても、未知の景色に、すぐに思考は切り替わった。とにかくあらゆる場所を訪れる、せわしないスケジュールだったから、黙って感傷にひたるような時間なんてほとんどなかったのだ。

たいていは眠る前に、史嗣のことを考えていたけれど、旅行中はそれもなかった。シャワーを浴びて、髪を乾かすと、途端に強い眠気が押し寄せてきたからだ。一日歩き回っていたからだと思う。理佐と他愛のない話をしつつも、疲労が自分を眠りに引きずり込んでいくのを感じ、気づいたら朝を迎えていた。

こうやって少しずつ、史嗣が遠くなっていくのかもしれない。

スーツケースが出てくるまで、まだ少し時間がありそうだった。空港のトイレに入り、戻ってきたところで、こちらに背を向けている理佐が、誰かと電話していることに気づいた。

「うん、ごめんね。なかなか連絡できなくて。茜とお茶してから帰るね。うん。うん。ありがとう。じゃあね」

短いやり取りだったけど、電話の相手は、おそらく理佐の彼氏だろうと察した。次の瞬間、いくつかのことに気づいた。

旅行中、理佐がわたしの前で、携帯電話をほとんど操作せずにいたこと。普段ならもっと話題にのぼる理佐の彼氏について、あまり聞いていないこと。一昨日も昨日も、理佐は眠そうな様子だったのに、わたしが眠りにつくまで、しゃべっていたこと。

いや、旅行中だけじゃない。わたしが旅行をキャンセルしたいというのを絶対に受け入れなかったのも。毎日動きつづけるスケジュールを組んだのも。

史嗣と付き合いはじめたときも、付き合っているあいだも、理佐にはしょっちゅう彼の話をしていた。別れたときも、最初に報告したのは理佐だ。わたしが元気じゃないのを一番知っているのは、まぎれもなく理佐。

わたしのための、旅行だったのだ。

泣きそうになるのをぐっとこらえた。一呼吸置いてから、通話を終えた彼女に話しかける。

「まだ出てこないね、荷物」

「あ、ねー。もうそろそろかな」

直後、ターンテーブルが音を立て、中央からいくつかのスーツケースが流れ出てきた。

「出てきたね」

理佐の言葉に、ね、と言い、わたしは付け足した。

「旅行楽しかった。ありがとう」

けして深い意味なんてない、単なる軽いお礼に聞こえるように、わたしは言った。

「こちらこそありがとう」

理佐が言う。わたしたちは二人とも、ターンテーブルを見ている。先に視界に飛び込んだのは、わたしの青いスーツケースだった。昔、史嗣と一緒に買いに行ったものだ。何度も使ったから、四隅がすり切れている。せっかくだから、次の旅行までには買い換えようと決める。

近づいていき、青いスーツケースを手にしたところで、中央から今度は理佐のスーツケースが出てくるのが見えた。深緑色。

「あ、よかった、来た」

手にした理佐と、出口に向かいながら、わたしはふと訊ねてみる。

「香港で食べたもの、全部おいしかったよね。何が一番だった？」

「おいしかったねー。一番かー。なんだろう、朝粥も、チャーシュー入りメロンパンも捨てがたいけど、でも、あれかも」

「あれ？」

「ラウンジの担担麺」

言ってから、理佐は笑った。

「わたしもそうかも」

答えて、わたしも笑う。

「香港じゃないじゃん、それじゃあ」

「ほんとだよね。さんざん食べたのに」

「でも本当においしかったよね。また食べたい」

「そうだね。ラウンジ行くために、また頑張って働いて、ビジネスクラスパックを探そうよ」

「一気に仕事のこと思い出したわー。でもそうだね。行こう」

「うん、行こうよ」

今度はわたしが、どこに行くかとか何を食べるかとか、調べておくよ。理佐のためにツアーを組む。

思ったことは、気恥ずかしいので口にはしない。またいつか香港に行くわたしは、今よりもっと元気に違いない。

第4話 冬には冬の

（北海道）

1

お姉ちゃんに会ったのは久しぶりだ。一目見て、何かあったのだろうな、と察した。旅行に誘われた時点から思ったことではあったけど。

やせた、というよりも、やつれた、というほうがふさわしい。しかしそのまま口にするのはためらわれたので、おお、とこちらに向かって片手をあげてきた、その半分くらいの高さで、わたしも片手をあげて、おお、と言った。

「空港で会うの初めてだね」

手荷物検査を終え、出発ゲート近くの椅子に並んで座ったとき、お姉ちゃんは今気づいたかのように言った。同じことを待ち合わせのメッセージが来たときから思っていたが、そうだね、とわたしも言った。

空港で会うのも初めてだし、二人で旅行するのだって初めてだ。四つ違いのお姉ちゃんとは、けして仲が悪いわけではないが、理由なしに会うこともほとんどない。一昨年お姉ちゃんが就職してからは、お互い都内で一人暮らし状態ではあるものの、住んでいる沿線が違うのもあって、特に会おうという話も出なかった。

聞きたいことはたくさんあった。LINEや電話で質問するのはよくない気がして、直接会ったときにしようと思っていたのに、こうして隣に座るお姉ちゃんには、なんとなく、質問を寄せつけない雰囲気がある。というか、説明してくれたっていいのに。

「あっ、そうだ、飛行機の中で見ておいて」

膝に置いていた大きめの黒いバッグから、紙を取り出し、こちらに渡してくる。

「なに、これ？」

言いながら受け取り、視線を落とす。A4サイズの紙の一行目には、「★北海道旅行　旭川&札幌★」と大きく書かれている。その下には日付。さらに下には、一日目、として、今日の行程が書かれている。それによると、羽田空港から旭川空港に移動し、空港からバスで旭山動物園に行って園内をしばらく散策し、そこでランチも済ませて、夜はまたバスで旭川駅前に移動し、ホテルにチェックインして、近くの「大黒屋」というお店で食事をするらしい。二日目は朝からJRで札幌に移動することになっている。札幌市内での観光場所も、箇条書きでいくつもリストアップされている。赤レンガ庁舎とか、テレビ塔とか、時計台とか。わざわざ作成し、印刷してくるなんて、どれほど張り切っているのか。

「自分で作ったの？」

訊ねると、当然でしょう、という表情で頷かれた。

「あ、書き忘れたけど、機内ではコンソメスープ飲むといいよ。おいしいから」

どういうつながりかわからないが、そんなことまで教えてくれたあとで、お姉ちゃんはあくびをすると、眠い、とつぶやいて目を閉じた。まさかこの行程表を徹夜で作ったわけではないだろうけど。

寒い、と何度もつぶやくわたしの隣で、お姉ちゃんは、見られてよかったね、とはしゃいだ声を出している。さっき、寒くないのか聞くと、北海道が寒いのは当たり前、と言われてしまった。そりゃあ寒いとは思っていたが、三月ということで油断していた。まだこんなにも雪が積もっているなんて。

「あっ、ほら、歩いてきたよ、きゃー、可愛い、あっ、こっち見てる、可愛いー」

お姉ちゃんほどはしゃぎはしないが、わたしの口からもまた、可愛い、という言葉が自然とこぼれる。係の人たちにつれられるようにして、短い足をよたよたと動かし、雪の上を歩いていくペンギンの姿は確かに、見ているこちらに愛おしさを感じさせるものだった。

「よかったー、やってくれて」

引かれた線の外でしゃがみ、スマホのカメラを向けて、ペンギンたちを撮影しつづけながら、お姉ちゃんは言う。ペンギンの散歩が冬季限定であることや、雪の積もり具合によっては実施しない場合もあることなどは、旭川空港からここまで来るバスの中で聞かされていた。お姉ちゃんは、旭山動物園について相当調べてきたらしい。

「連れて帰りたいね」

わたしもスマホでペンギンたちを撮影しながら言う。肉眼で見ているのにくらべて、なかなかうまく撮れない。ぶれてしまったり、後ろ姿ばかりになってしまったり。

「冬には冬のよさがあるよね」

お姉ちゃんは、ゆっくりと言った。ペンギンの散歩だけの話とは思えなかったが、とりあえず、うん、と答える。

ラム肉が、口の中に温度を残している。熱い。それをビールで流しこむ。暖かい室内で、よく冷えたビールが、喉を気持ちよく通っていく。ため息みたいな声が、思わず漏れた。おいしい。

わたしは二切れ目のラム肉に手を伸ばす。ちょうどよく焼けていて、いい匂いを放っている。お姉ちゃんが、にやりとする。

「大黒屋」がジンギスカン専門店だと知ったとき、わたしは行きたくないと言った。羊肉は苦手なのだ。だったら野菜を多めに食べなよと無理やりな説得をされ、しぶしぶ来たところ、店中に満ちている、ラム肉を焼く匂いに食欲をそそられた。だまされたつもりでという言葉を信じて、一切れ食べてみると、あまりのおいしさにびっくりした。ちっとも生臭くないし、脂の加減もちょうどいい。

「ホッキョクグマ、大きかったね」

あっさりと好き嫌いを克服させられた悔しさで、話題を変えようと、そう切り出した。旭山動物園の目玉の一つらしい、ほっきょくぐま館は、展示方法が凝っていて、かなりの至近距離からホッキョクグマを見ることができるようになっていた。ダイビングも泳ぎも、迫力があった。

「ホッキョクグマ、見たがってたのよね」

誰が、と質問するより先に、答えが続けて飛んできた。

「恋人と来るはずだったの。恋人っていうか婚約者」

「え、お姉ちゃん、結婚するの？」

「しない、っていうか、やめた。四股かけられてたのが判明したから。他の人とは別れるって泣いて謝られたけど、信用できるはずなくない？　だって四股だよ？　しかも別にかっこいいとかじゃないの。普通なの。なんか余計に納得できなくってさ」

いきなり電話をかけてきて、大学って春休み？　北海道行かない？　なんて言ってきた時点で、何かあったのかな、もしや恋愛沙汰かな、と思っていた。でもまさか、そこまでの背景があったとは。そもそもお姉ちゃんの恋愛について聞かされるのは初めてのことだ。

お姉ちゃんが不意に、箸を置き、肘をつくと、両手で両目を隠すようにした。息のような声がもれる。こんなところで泣き出されても。慰めの言葉を頭の中で必死に探していると、様子がおかしいのに気づいた。これは……。泣いてるんじゃない。笑ってるんだ。

「お姉ちゃん」

わたしの呼びかけに、お姉ちゃんは両手を目から外し、今度は口を隠すようにした。やっぱり笑っている。まさかショックで感情が変になってしまったのか、と思ったが、そうではなかった。

「よんまたって、すごい響きじゃない？　妖怪みたい」

言い終えると、また笑った。何それ、とわたしは呆れながらつぶやいたが、お姉ちゃんの笑う様子に、つられて笑ってしまう。妖怪よんまたも、旭山動物園に展示されるといいね、と言うと、お姉ちゃんはもっと笑った。わたしは、ラム肉を鉄鍋から箸でつまんだ。

2

飛行機は上昇を続け、さっきまでいた北海道の光たちが遠ざかっていく。夜空の中で、確認できるものがほとんどなくなってもまだしばらく、窓の外に目を向けていた。

窓に反射する自分の顔は、我ながら、まだ旅の興奮を充分に残している。

少しして、機内誌のエッセイを読んでいると、ドリンクサービスが運ばれてきた。わたしの隣にいるお姉ちゃんは、差し出されたメニューを受け取ることも見ることもせずに、コンソメスープください、と言った。わたしはコンソメスープに惹かれつつも、行きの機内でも飲んだので、あえて別の飲み物、キウイジュースを選ぶ。

渡された紙コップの中のキウイジュースは、適度に冷えていて、おいしい。甘みと酸味がある。自分の喉が渇いていたことに、飲みながら気づく。

「コンソメスープ、好きだね」

お姉ちゃんに言うと、お姉ちゃんはさも当然だという感じで頷き、おいしいから、とそれもまた当然のように言った。わたしも同意のつもりで頷く。

また機内誌をぱらぱらとめくり、興味のあるページをわたしが読んでいるうちに、お姉ちゃんはコンソメスープを飲み終えると、目を閉じていた。両手を膝の上で組んでいる。まだ起きているとは思うけど、寝ようとしているみたいだった。案外もう眠っているのかもしれない。昨日の夜、旭川のホテルでも、シャワーを浴びると、すぐに眠りにつき、いびきとは言わないまでも大きめの寝息を立てていた。てっきり、この姉妹旅行のきっかけともなった、別れた彼氏の愚痴でも聞かされるんじゃないかと思っていたので、少しだけ拍子抜けだった。

機内誌をシートポケットに戻すと、わたしも目を閉じた。眠気は訪れないので、今日の札幌旅行の記憶をたぐり寄せていく。

お姉ちゃんがわざわざA4サイズの紙に、行程をまとめてくれただけあって、観光は順調だった。昨日観光してホテルにも泊まった旭川から、札幌まで特急で一時間半ほどというのや、札幌駅から、新千歳空港まで快速で三十分強ほどという移動の場面で、ところどころ、北海道がいかに広いのかを思うことになったけど、そうした時間すら楽しかった。旅行してるんだなあという感覚が自分の中で強まるのを感じていた。

赤レンガ庁舎、テレビ塔、時計台。ガイドブックに載っていそうな、札幌市内の有名な観光スポットを回った。寒いね、と言い合いながら歩いていたけど、東京の寒さとは種類が違うとも思った。気温的にはもちろん北海道のほうが低いけれど、風の冷たさや、突き刺さる感じの寒さは、むしろ東京のほうが強く感じる気がする。そう言ったら、お姉ちゃんも、わたしも同じこと思ってたよ、と同意してくれた。

お昼ごはんとして、「スープカレーGARAKU」で食べた、具だくさんの、それぞれからエキスが出ていると感じさせるまろやかなスープカレーの旨味に、おいしいね、おいしいね、と言い合っているときに、お姉ちゃんがぽつりと言った。

「来られなくて、ざまあみろって感じ」

主語はなかったけど、誰のことを指しているのか、もちろんすぐにわかった。お姉ちゃんの、別れたばかりの元彼。

わたしはどう答えるべきか迷った。昨晩は、四股をかけていたというその男について、さんざん、妖怪よんまた、などと子どもみたいなめちゃくちゃな悪口を言い合っていたけど、お姉ちゃんのつぶやきは、どこか寂しそうにも響いたので、昨晩と同じような調子で乗っかっていいのかわからなかったのだ。

わたしは、お姉ちゃんの目の前に置かれたスープカレーのお皿に、自分のお皿の中から、豚しゃぶを一枚取って渡した。豚しゃぶは、わたしの頼んだほうのメニューにだけ入っているもので、お姉ちゃんの頼んだほうには入っていない。

「これ、なぐさめ？」

お姉ちゃんは笑いながら、わたしが入れたばかりの豚しゃぶをスプーンで取り、口にした。おいしい、と言って、でも豚でなぐさめられるのってどうなんだろう、とまた笑った。なぐさめとかじゃないけど、とわたしは言い、寂しそうなのはかわいそうだから、という後半の言葉は心の中だけで言った。


「起きてる？」

隣の席のお姉ちゃんに話しかけられ、わたしは、目を開けながら同時に、うん、と言った。意識が飛行機の中にまたうつる。

「あのさ、お父さんとお母さんに買い忘れちゃったね、おみやげ」

「あっ、ほんとだ」

「あんなに空港でふらふらしてたくせに、うちら、親不孝すぎるね」

「どうしよう、いっそ内緒にする？」

「確かに、いきなり姉妹で旅行してきたなんて言ったら、何があったのか詳しく聞かれちゃうし、妖怪よんまたについても話すの面倒だしなあ」

「ひどい姉だね」

「ひどい妹だね」

わたしたちは互いに言い、小さく笑う。結局旅行については、両親には言わないままとなってしまった。せめてもの気持ちとして、大学が春休みのうちに、実家に長く帰ることにしよう。

「大人だから、自由だね」

お姉ちゃんが言う。わたしは今日行った六花亭でのお姉ちゃんの発言を思い出す。六花亭の喫茶室には、店舗限定だというデザートが六種類もあって、メニューを見ながら、決められないね、と迷いに迷っていると、お姉ちゃんがひらめいたかのように言ったのだ。

「よし、全部頼んでシェアしようよ」

「全部?」

周囲のお客さんにも聞こえてしまいそうなほど、驚きの声をあげたわたしに、お姉ちゃんは言ったのだ。なぜか小声で、秘密を教えるみたいに。

「あのね、好きな食べ物を好きなときに好きなだけ注文するために、人は大人になるんだよ」

何それ、と言ったわたしに、自分でもわかんない、とお姉ちゃんは笑ったけど、六種類のデザートの注文は実行され、わたしたちは本当に二人でどれも分け合った。もしそれが本当なら、わたしは大人になれて嬉しいし、もっと大人になってやろうと思う。来月からは就職活動も始まる。大人になって、また北海道に来る。窓の外の暗闇に目を凝らしながら、わたしはひっそりと決意する。

第5話　神様に会いに行く

（大阪）

富士山は、反対側の窓からよく見えた。座っている女の子たちが騒いでいたので気づいた。

せっかくだから近くで見たかった。座る前にきちんと考えれば、どちら側に座ればいいかわかったのかもしれないが、仕方ない。帰りには見ようと思うけど、新大阪駅から乗りこむときには、また忘れて座っているかもしれない、とも思い直す。だってもっとすごいものを大阪で見るのだ。

わたしはこれから、神様に会いに行く。

出発前にホームの自動販売機で買った、普段はあまり目にしないメーカーのお茶を飲む。

両親や祖父母が、仏教の中で何の宗派なのかもわかっていないまま、仏様も神様もさして意識せずに生きてきたけれど、りょうさんの言った神様は、すんなりと呑みこむことができた。きっと、本当に神様なのだろう、と。

　思い返してみると、わたしはりょうさんのあらゆる言葉を、すんなりと呑みこんできた。出会ったときからそうだった。あまりに信じてしまい、とんでもない経歴を持った人なのかとすら思ったほどだ。信じすぎやで自分、というりょうさんの言い回しを耳にしたのは、一度や二度ではない。

　初対面の印象は、かなり悪いものだった。わたしがお店に入り、既に飲んでいた藤《ふじ》崎《さき》さんとりょうさんに向かって、軽く頭を下げ、はじめまして、水野絵美香《みずのえみか》です、と言い終わるか終わらないかくらいのタイミングで、りょうさんが言ったのだ。

「なんや、この子か。お前が困ってる女子大生って」

　妙な関西弁は強い響きを持っていたし、困ってる、という言い方にも戸惑った。もちろん事実ではなかったのだが、責められているような気にすらなった。

　困って藤崎さんを見ると、困ってねえよ、インターンで来てもらってるんだよ、と笑っていた。その笑いで、ちょっとだけ安心することができたけど、目の前にいる正体不明の長髪の男の人は、わたしにとって謎すぎる存在だった。黒いＴシャツに入っているアルファベットは、上に四人の顔写真がプリントされていることから、おそらくバンド名だとわかったが、わたしの知らないものだった。

三年前になる。当時わたしは、大学三年生で、藤崎さんのやっている服飾ブランドのアトリエに、週何回か通っていた。インターン形式で、交通費を支給され、時々食事をおごってもらっていた。デザインなどはできるはずもなく、任せてもらえるのは、送付する商品のタグ付けや、電話応対、といった簡単な仕事ばかりだったが、好きな洋服を作っている人のところでお手伝いできるのは楽しかった。

その日はアトリエに行く日ではなかったのだが、藤崎さんから連絡が来て、友だちと飲んでいるからよかったら来ないかという内容のお誘いで、予定もなかったので快諾したのだ。その「友だち」が男性か女性かも知らずに、言われるがままに指定された居酒屋に向かったのだが、そこでいきなり囲われてるなどと言われて、頭の中は混乱していた。

自分に近い窓の外に目をやる。大きな黄色い看板が目に入るが、何の企業なのかはわからない。りょうさんは東京にやって来るときに富士山を見ただろうか、と思った直後に、夜行バスで来たと話していたことを思い出す。バスがどこを通るのかはわからないが、きっと見ていないだろう。

　高校を卒業したとき、本当は服飾系の専門学校に進みたかった。それをやめて、私立大学の社会学部を受験して進学したのは、親のやんわりとした反対もさることながら、自分のセンスを信じきれなかったからだ。服が好きとはいっても、自分で何かが作れるとは思えなかったし、誰も思いつかない素晴らしい組み合わせをひらめいた経験があるわけでもない。

　けれど、りょうさんの神様の話を聞いてから、わたしも高校生のときにそこに行っていたら、と思うようになった。そうすれば今ごろ、好きなブランドで働けていたのかもしれない。インターンやアルバイトといった形ではなく。自分の好きな洋服を、自分の手によって作り出していたのかもしれない。

　ただ、これから向かうのは、進路や仕事のためじゃない。大学を卒業して、なんとか内定を得て職場となった文具会社にも、ほどほどに満足している。

　わたしは神様と、りょうさんについて話したいと思っている。神様が彼のことを憶えているかはわからないけれど、何か一言もらえたならいい。わたしと出会うずっと前に、りょうさんがもらったような、動き出すきっかけになる一言を。

新大阪駅のホームに降りて歩き出した瞬間、暑い、と感じた。東京も充分に暑かったけれど、それ以上に。十月も間近の、だいぶ遅い夏休みだというのに、気温だけでいうのなら、まだ夏まっさかりというところだ。

新幹線の車内に残っていた多くの人たちが、新大阪駅で降りたが、ほとんどはスーツ姿の、おそらくサラリーマンらしき男性だ。富士山に騒いでいた女の子たちは、一つ前の京都駅で降りたのを確認していた。友だち同士の旅行なのだろう。乗車しているあいだ、ガイドブックを広げて、このカフェに行きたいとか、ここのソフトクリームを食べようとか、楽しそうに相談していたから。

わたしが前に大阪に来たのは、あんなふうに、友だち同士での旅行でだった。大学時代のことなので、さほど昔ではないはずなのに、やけに遠く感じる。ＵＳＪや海遊館に行った。楽しかった記憶はあるものの、今回はどちらも行く予定はない。

財布などが入ったショルダーバッグの他に、手に持っているファスナー付きの大きなトートバッグには、二泊分の荷物を詰めこんできた。たくさんのものを詰めたつもりはないけれど、それなりに重い。どこかに預けてしまいたいが、目的の駅までは、ここからさらに乗り換えていく必要がある。事前に検索して、意外と遠いのだと知っていた。

ホテルを決めていれば、先にチェックインして、預けてしまうことも可能なのだろうが、今日泊まる場所は決めていない。何も決めずに来たのだ。新幹線の時間も、どんなものを食べるのかも。出発を明日に延ばしたってよかった。

パックで取ったほうが絶対安いよ、新幹線と宿がセットになってて、あとはフリーのやつ、と職場の先輩は強く勧めてくれた。わたしが大阪に一人で行くと話したからだ。結局はそのアドバイスには従っていないし、本当の目的も話していない。なんとなくふらふらするつもりなんですー、と言った。その一言で、特に疑われたり詮索されたりすることもなかった。正直に伝えたなら、奇妙に思われたに違いない。

せっかくなので大阪らしいものでも食べておこうかとも一瞬思ったが、新幹線の中でサンドイッチを食べてきたので、お腹は減っていない。

早く会いに行きたい気持ちと、緊張するので先のばしにしたい気持ちが入り混じって、不思議だ。トートバッグを右手から左手に持ち替える。

エスカレーターでの並び方が東京と違うんだな、と思いつつ、列の後ろにつき、改札に近づいていく。

エスカレーターを降りて、歩いているとき、スニーカーのかかとを思いきり踏んで歩いている男の人の後ろ姿が目に入り、しばらくそのまま視線で追ってしまう。りょうさんではないと知っている。それでも。

かかと大丈夫ですか、と聞いたのは、初めて会った居酒屋での帰り道だ。りょうさんは、スニーカーのかかとを思いきり踏んでいた。充分に酔っぱらってもいるのが伝わってきていたし、電車に乗らずに三駅分くらい歩いて帰るとも宣言していたので、転んでしまわないか心配だった。

「ええねん、靴嫌いやねん。めんどいやろ」

わたしは答えの意味がすぐにわからず、曖昧に反応した。まあいいのだろう、ということだけはわかった。

「裸足で歩けばいいだろ、だったら」

そう言ったのは藤崎さんだった。ケガするやろ、とあっさりとりょうさんは答え、やっぱりサンダル履いてくればよかったわ、とも言った。

家に帰ってからもずっと、怖い人だったな、と考えつづけていたりょうさんとのやりとりを、こんなに細部まで記憶しているのは、逆に、惹かれていたからなのかもしれない。かなり悪いと感じていた第一印象の時点で、本当は、気になっていたのかもしれない。

それから何度となく会ったりょうさんの足元はいつも、言葉どおりサンダル（ボロボロの黒いもの）か、スニーカー（最初に会ったときと同じでこれもやっぱりボロボロの黒いもの）で、スニーカーの場合、例外なくかかとを踏んでいた。

さっき、新大阪駅に間もなく到着するというアナウンスがあったときに確認したけれど、スマホには特に誰からのメッセージも入っていなかった。もちろんりょうさんからも。いつものことだ。

わたしたちは直接のやりとりなんて、ほとんどしたことがない。りょうさんはメッセージを好まない。文字打つのたるいやん、と言っていた。ひらがなだらけの短い文章はたいていが急な飲みの誘いだった。こちらが絵文字やスタンプを用いても、特に返してきたりはしない。

おそらく、彼女に対しても。

りょうさんの彼女だという女性に会ったのは、もう一ヶ月以上前のことになる。まだ顔も声もはっきり憶えている。笑い方も。自分で選んで記憶しているのか、脳裏にこびりついて離れなくなっているのか、判断できない。綺麗で感じのいい人だった。

康《こう》ちゃん。彼女はりょうさんのことを、そう呼んでいた。りょうさんが彼女をなんて呼んでいるかは、あの飲み会ではわからなかった。ただ、彼女の呼び方は、わたしの心を傷つけるのに充分だった。康ちゃん、なんて呼ばれているところ、初めて見た。おそらくわたしが一生口にすることのない呼び方だ。


りょうさんのフルネームを知ったのは、出会って三回目となるときだった。

「え、りょうって、苗字なんですか」

わたしが驚いて訊ねたとき、りょうさんは面倒くさそうに頷いた。いつもの変な頷き方。普通は上下に動くべき頭が、斜めに動く。耳の中の水を出すかのように。あるとき指摘すると、エネルギー節約してんねん、と言っていた。どのくらい本気でそう思っているのかはわからなかった。

「言ってなかったっけ」

「聞いてないです。藤崎さんがいつも、りょう、りょう、って呼ぶから、下の名前なんだと思ってました」

「まあ、ほぼ呼ばれへんな、下の名前なんて」

自分と同姓同名の有名人、という話題になり、おれは親戚以外に自分と同じ苗字に会ったことがない、とりょうさんが言い出し、そういえばりょうさんの苗字を知らないと気づいたわたしが訊ね、両部《りょうべ》、とあっさり答えられ、自分の勘違いに気づいたのだった。

「下の名前、なんて言うんですか」

「忘れた。呼ばれへんし」

「いや、忘れないでしょ」

「康希《こうき》だよ。健康の康に、希望の希」

まともに答えないりょうさんに代わって、教えてくれたのは藤崎さんだった。

「へえ。かっこいいですね、こうき」

「兄貴はぜんき」

「ぜんき？」

「ぜんきとこうき、でワンセット」

「え、そうなんですか」

「いや、兄貴おらんし」

また騙された、と思いつつ、どこか駄菓子っぽい味のするぶどうサワーを飲む。藤崎さんが、兄弟いるんだっけ、と呑気に訊ねる。

「おるで。母親違いの姉と、父親違いの三つ子の弟と、あと親の再婚で兄弟になった生まれたばかりの一卵性双生児と」

「もういいや」

藤崎さんが苦笑いしながらさえぎらなければ、まだ続きそうな口ぶりだった。さすがにそれは嘘だろうとすぐにわかった。

たいていの問いに、りょうさんはでまかせで返す。このときから、徐々に理解しつつあった。本当のことを言うのなんて、居酒屋の店員さんに対する飲み物の注文くらいだ。それですら、酔いが進むと、メニューに存在しないめちゃくちゃな名前のドリンクを伝えたりする。

初めて会ったときも同様だった。関西弁なので、関西出身なんですか、と訊ねると、いやエジプト育ち、と間髪をいれずに答えられた。あまりに迷いがなかったので信じてしまった。興味を持ったので、しばらく訊ねているうちに、本当は岡山や姫路や大阪といった西日本の地区を転々としていた上に、母親は四国育ちなので方言がいろいろ混じっているというのが判明したのだ。最初から普通に言ってくれればいいのに、ということを伝えると、おれの話なんて聞いたってしゃあないやろ、と言われてしまった。

でまかせを言いたいのではなく、自分の話をするのが苦手なのだろう。

その日、後ろで一つにまとめていたりょうさんの髪は、当時のわたしの髪よりもずっと長かった。わたしは長い部分でも顎を少し越えるくらいだが、りょうさんはゆうに肩を越えていた。それもこだわりなどではなく、美容室に行って知らない美容師さんと話すのが「ありえへんほどつらい」のだと言うのを、既に聞いていた。だったら歯医者に十回行ったほうがまだマシ、と続けていた言葉は、どうやら本心のようだとも感じた。

同じ居酒屋で、三回会ってみても、りょうさんはやはり謎だらけの存在だった。むしろ、会えば会うほど謎が深まっていくような気すらしていた。この人が何を考えているのか、全然つかめない。

両部康希。

知ったばかりの、目の前の男性の、フルネームを頭の中で唱えてみた。似合うな、と思った。本人も言っていたとおり、おそらく同姓同名はいないだろう。その珍しさも響きも、この人にしっくりと似合う。

わたしは不思議だった。

ちっともまともに答えてもらえないのに、しかも本人はおれの話なんて聞いたってしゃあないと言っているのに、この人といると、いろんなことを聞いてみたくなるのはどうしてなのだろう。あまり会ったことがないタイプに思えるからだろうか。この人の目を通して見る景色は、自分の目を通して見る景色とどれくらい違うのか知りたくなり、つい、訊ねてしまうのだ。

今思い返せばはっきりとわかる。もう、始まっていたのだ。わたしの中で。

千里中央駅から大阪モノレールに乗り換えて五分。ここに来るのはもちろん、大阪モノレールに乗ったのも初めてだった。

新大阪駅からは三十分以上かかっているし、東京駅から考えるとゆうに三時間を超えている。それでも、あっというまだという気もした。

神様はもう近い。

見つけたコインロッカーの表示に従って歩いていく。ロッカーはいくつも空きがあった。というか、思っていたよりも人が少ない。降りる人もそんなにいなかった。事前に調べていたところ、博物館や日本庭園もあるという情報で、施設はずいぶん広いようだったが、平日はさほど賑わっているわけでもないのだろうか。中心部から遠いことも関係しているのかもしれない。実際、わたしも何度か大阪旅行をしているけれど、ここを訪れるという話は今まで一度も出なかった。

トートバッグを丸ごとと、ショルダーバッグに入れていた充電器やポーチなんかも一緒に預けて、ロッカーの扉を閉めてしまうと、一気に身軽になった。

全然知らない街にいる。こんなところまで来てしまった。

後悔ではなく、むしろ喜びだった。自分はいったい何をしているのだろうかという問いかけは、ここに来ると決めてからも終始胸に漂っていたし、今でも残っているが、それよりも、ここまで本当に来たことを誇りたかった。

薄いオレンジと白が混じったスニーカーのかかとを、わざと両足とも踏んでみる。

意外とつぶれにくい。数歩ためしに歩いてみて、あきらめに近い気持ちで履きなおす。同じようには歩けない、やっぱり。

その日の飲み会で、藤崎さんに仕事の電話が入ってしまった。すぐに戻ってくると言った藤崎さんは、全然戻ってこなかった。

最初は、今のうちに高いもの頼んどいてあいつに払わせたるわ、と張り切っていたりょうさんも、もう戻ってこないんとちゃうか、なんてことを言っていた。

わたしはというと、内心、置かれている状況をラッキーだと思っていて、それを必死に表に出さないように心がけていた。

「迷惑ちゃうん、しょっちゅうおっさんに呼び出されて」

りょうさんに質問されたとき、わたしは思いきり首を横に振った。

「楽しいです」

迷惑どころか、好きです。思い浮かんだ続きの言葉は口にすることができない。

「もうすぐ卒業やろ？」

「そうですね、あと三ヶ月くらいしたら。でももう既に、あんまりすることなくて。

卒論も一応書き上げてるし、授業もゼミくらいだから」

「卒論とかゼミとか、めっちゃ大学生やな」

「大学生なんで」

わたしは笑い、りょうさんは、これから地獄の社会人やな、と言った。

「地獄ですかね、やっぱり」

「会社勤めなあ。まあおれはまともにやったことないから、なんとも言えんけどな。今もバイトみたいな感じやしな。ほんますごいと思うわ」

「大阪時代も会社勤めはしてないんですか？」

「してへん。大阪時代って、江戸時代っぽいな」

わたしはまた笑い、生グレープフルーツサワーを飲んだ。生が名前についている、自分で果物を搾る種類のサワーのほうがおいしいというのは、この店に何度か来るうちに発見した事実だった。とはいえ驚くほどのおいしさというわけではないし、何杯か飲むうちに搾る作業が面倒くさくなっていくのだけれど。

りょうさんは、知り合いのデザイン会社で仕事をしているらしかった。例によって詳しいことは話さないが、たまにこぼれる言葉や、藤崎さんから聞く話などをかいつまんでいくと、週に二回か三回くらい行き、他にも別の知り合いに頼まれる仕事をやったり、時には作曲の仕事をすることもあるのだという。

りょうさんのライブには、前の年に一度だけ行っていた。それはりょうさんのバンドの解散ライブだった。作曲を担当していたのは、ギター担当であるりょうさんか、ボーカルである別の人で、わたしが一番好きだった曲は、あとで確かめたら、りょうさんが作ったものだった。自分がそちら側を好きになれたことが、ものすごく嬉しかった。

「大阪に戻りたいって思うことあります？」

りょうさんの頭が斜めに動いてから、いやー、でも、どやろな、と言葉が続いた。

「東京は全然好きになられへんけど、だからって大阪が好きなわけでもないしな」

そうか、好きじゃないのか、と少し寂しい気持ちになった。単に自分が生まれ育ったというだけで、わたしもものすごく東京を愛しているというつもりはないのだが、りょうさんには東京を好きになってもらいたい気がした。

「家賃高すぎやし、うどんまずいし」

「うどん？」

「うどん。ダシ、あかんやろ」

「そんなにこだわりあったんですね、うどんに」

「あらへんけど、気楽に食べたいやん。だからこそまずいとガッカリすんねん」

わかるようなわからないような理屈だ。おいしいうどんのお店を教えてあげたい気がして、わたしが知っている店でどこかなかったかと考えてみるが、思いつかない。逆に訊ねてみる。

「大阪はうどんおいしいんですか」

「うまいな。おるときはうまいとも思ってなかったけど」

りょうさんのグラスの中身が、だいぶ減っている。ほとんど氷だけだ。まだ藤崎さんが戻ってきませんように、とわたしは願う。

「りょうさんって、なんで東京来たんですか」

質問すると、りょうさんはこちらをじっと見た。大きくて力強い目だ。だからこそ怖いと感じたときもあった。今は好きだと思っている。

「なんや、よそもんは帰れってか」

りょうさんが真顔で言ったとき、わたしは笑った。これも、出会ったばかりだったなら、本当に怒ってしまったのかと心配になっただろうし、怖くなっただろう。そのときは、ふざけて言っているのだと即座に判断できた。時間が流れたことや、そのあいだに関係性が少しでも変化したのだということが、ささやかに幸せだった。

「そんなこと言ってないでしょ」

わたしはあえて乱暴に言い、近くを通りかかった店員さんに向かって片手をあげた。りょうさんは、おおきに、とわたしに小さく言ってから、店員さんに、ハイボール、と注文した。まだでたらめな飲み物の名前を口にしていないので、酔いはそこまでではないみたいだ。

ハイボールはすぐに運ばれてきた。わたしも次の飲み物を決めようかと考えていると、りょうさんが口を開いた。

「神様ってどう思う?」

わたしは、神様? と訊き返した。

「あかんな、これ、完璧に宗教の勧誘やな」

りょうさんは笑った。

「やっぱええわ」

「いや、よくないです」

「めっちゃやばいやつみたいやん、おれ」

「既にやばいですよ、いつも」

好きだけど、と、また心の中で思う。

「なんで東京来たんって言うとったやん、さっき」

わたしは頷く。

「ほんまは来る気なかったんやけどさ。向こう、大阪いたときに、バンド解散して、理由が他のやつの結婚やったんやけど、残ったやつも、全然やる気なくて、あー、どうしたもんかなあってなっとってん」

珍しいどころか、初めてのような気がした。真面目に自分の背景を話してくれたのは。とにかく一言も聞き洩らしたくないと思い、わたしはただ頷いた。相づちを入れるのすらためらわれた。同じ空気がずっと流れていてほしかった。藤崎さんが戻ってこないことを、さっきよりもさらに強く願った。

「太陽の塔って知ってる？」

わたしは、聞いたことは、と言った。確か大阪にあるはずだ。岡本太郎《おかもとたろう》が作ったものだということくらいしか知らなかったので、正直に伝えた。

「そこ行ってん。別に意味なかってんけど、毎日暇しとったし、昔遠足で行ったなー、あそこどうやったかなー、くらいの気持ちで。そしたら着いて、太陽の塔の前行った途端に」

続きが気になり、りょうさんがハイボールを飲むのをじっと見つめてしまう。途端に、どうなったのか。

「ぼっろぼろ泣けてきてん」

「泣いたんですか？」

「そう。自分でもわからんくて、ひいたわ。親父の葬式のときより泣いてたもん」

お父さんが亡くなっていたのは初耳だったたし、気になったが、そのことについて聞ける雰囲気ではなかった。

「涙はしばらくしたらおさまってんけど、そのままぼーっとしてたら、太陽の塔に、『東京、行きや』って話しかけられてん」

「え、太陽の塔に？」

「今、おれのこと、やばいなって思ったやろ、やっぱり」

「思ってないですけど」

「わろとるやん」

わたしは残り少なくなった生グレープフルーツサワーを飲んだ。次の飲み物を頼むよりも、話を聞きたくて仕方なかった。

「まあ、笑われてもしゃあないか。おれも信じられへんし」

「『東京、行きや』って、思いっきり関西弁ですね。どういう声だったんですか」

「知らんおっさんの声」

またも、つい笑ってしまったが、りょうさんも自分で笑ったので安心した。

「言われたのはそれだけなんですか」

「他にもちょこちょこ話したけど、まあ、大したことは話してないわ。つーかおれ、完全に不審者やったと思うわ、あんとき」

突拍子もない話ではあったが、本当だろうと思った。疑う気は起きなかった。

「まあ、全部嘘やけどな」

りょうさんはそう言うと笑った。照れ隠しだとすぐにわかった。どうして話してくれたのかわからないけれど、嬉しくて仕方なかった。やっぱりわたしは、この人が好きなのだ、とじんわりと実感していた。

たった今、わたしの目の前にそびえ立つ太陽の塔。

近くまでやってきて確認した瞬間に、大きい、と思った。そのあとでガッカリした。それ以外の感想が生まれなかった。かつてのりょうさんのように、突然涙がこぼれるほどの衝撃を、繰り返し想像していたのに、大きいなあ、とひたすら思うばかりだ。

てっぺんには、顔のような金色の飾りがついている。あれは未来の象徴らしい。未来。じっと見ているが、未来が何かわたしに対して語りかけてくる様子はない。

わたしは、太陽の塔の下、広がっている原っぱに座りこんで、首を少し上げて、じっと塔を見ている。

神様、とさっきから何度か声には出さずに語りかけているし、他の人がいない隙を狙って、声にも出してみたのだが、太陽の塔は何ら変わりなく、ただそこにそびえ立っている。中央あたりにある顔は、こちらを威嚇しているかのようにも見える。でもそれだって、ただの作品という感じもする。これは、現在を象徴しているはずだ。

そんなはずはない、と思った。信じられないほどの感動が、わたしを包むはずなのに。何かを話しかけてくれるはずなのに。今のわたしに必要な言葉を。

後ろからもしばらく眺めてみたし、周囲を何度か回ってみたが、大きい、という感想は変わらなかった。正面に戻ってきて、こうして座りこんでいるが、ただ時間ばかりが流れていく。

思いきって、かけていたショルダーバッグを枕にして、寝転んでみる。りょうさんがどんな姿勢だったかは聞かなかったが、あの人なら、原っぱに寝転ぶことも充分にありえる。

動いた視界には、さっきよりも多く、空が飛びこむ。けして空には溶けこまずに存在する太陽の塔。

けれど、それだけだ。

何も起きないし、何も感じない。

しばらく見つめたあと、目を閉じた。眠くはないし、暑いくらいなので気持ちがいいというわけでもないが、移動によって蓄積された疲れが、少しは抜けるような気がした。

「しゃあで」

ふいに、りょうさんの声が頭の中で再生される。せやで、という肯定の返事を、りょうさんは、しゃあで、というふうに発音するのだ。言葉を変形させすぎだと、かつて藤崎さんは笑っていた。しゃあで。あんなふうに話す人を、他に知らない。

ずっと、特別だったのだ。

わたしは不意に気づく。りょうさんは、わたしとはまるで似ていなかった。ちっとも。全然。これっぽっちも。だからこそ惹かれて、だからこそ好きになったのだ。同じものを見て、同じように思えるはずがなかった。同じ場所に来て、同じ体験ができるはずがなかったのだ。だって、あの人は、特別なんだから。

出会ってから今までに耳にした、りょうさんのたくさんの言葉が、出会ってから今までに目にした、りょうさんのあらゆる表情が、頭の中を巡っていく。康ちゃん、と彼女に呼ばれている姿も、途中から現れた彼女に対して、来んでええのに、とどこか嬉しそうに言った姿も。

あ、泣きそう、と思い、目を開けた。けれど涙は出なかった。わたしはりょうさんではないから。

太陽の塔のてっぺん、金色の顔も、こちらを見てはいない。わたしとは無関係に立っている。これまでも、おそらくこれからも。

あとでお好み焼きを食べに行こうと思った。たこ焼きでもいい。それからうどん。りょうさんが話していたうどん。でもまだしばらく、このまま見つめていよう。わたしには何も話しかけてくれない太陽の塔を。

第6話　パノラマパーク　パノラマガール

（伊豆）

1　佐田麻友香《さだまゆか》

卒業旅行の行き先をパノラマパークにしたのは、里瀬《りせ》の提案によるものだった。ディズニーランドや京都がいいのではないかと主張するあたしに、里瀬はちっとも譲らなかった。それはとても珍しいことだった。

そしてあたしたちは、東京発のこだまで三島《みしま》駅までやってきて、こうして乗り換え電車を待っている。伊豆箱根《いずはこね》鉄道。記憶が間違っていなければ、初めて乗る電車だ。

「天気よくてよかったね」

あたしはホームの屋根のあいだから見える、晴れた空を見上げて言う。こだまに乗っている間も何度か口にしたセリフ。

「本当だね」

里瀬もまた、それはさっきも聞いたよなんて言わずに、同意の言葉を口にする。今日の旅行を楽しみにしていたことや、今の嬉しさを確かめるみたいな行為だと、あたしは勝手に思う。

三島駅までは、あっというまだった。新幹線の速さにも、東京からの近さにも驚いてしまうほど。新幹線の中で食べるバニラアイスは、いつもよりさらにおいしく感じられた。

「いずっぱこ、めっちゃ懐かしいねー」

あたしたちより年上——多分二十歳前後の大学生——のカップルの女性のほうが、そんなふうに言いながら、あたしたちの後ろを通り過ぎ、ホームの奥へと進む。奥といってもそう遠くはない。ホーム自体が小さいので、電車も、いつも乗っている都内のものに比べれば、だいぶ少ない編成なのだろうとわかる。そもそもやってくる間隔が違う。都内の電車なら、もう二本は来ているだろう。でもそれも、旅行気分を高めてくれる感じだ。

「いずっぱこ、って略するんだね」

里瀬は独り言のようにつぶやく。

それでようやく、見知らぬ女の人が口にしていた、いずっぱことというのが、今からあたしたちが乗ろうとしている、伊豆箱根鉄道を意味するのだと気づく。

「いずっぱこ」

あたしもまた小さな声でつぶやいてみる。いずっぱこ。今日のような晴れた春の一日に似合う、どことなく間抜けで可愛らしい、幸せな響きだ。いずっぱこ。あたしたちはこれからいずっぱこに乗って、パノラマパークに向かうのだ。

「ニヤニヤしてる」

あたしは、幸福さににやついてしまっていたらしい。里瀬につっこまれ、慌てて、見ないでよ、と唇を結んだ。

そんなふうに言っている里瀬だって、いつもより表情が明るいことに自分で気づいているんだろうか？

もともと里瀬は、あまり表情が変わらないタイプだ。よくいえばクール。悪くいうと、怖い印象すら与える。一七〇㎝という身長や、ショートカットなのも関係しているかもしれない。ちょっと吊り上がった目は、猫みたいだ。上下とも薄い唇は、あまり大きく開かれることがない。

ゆっくりと電車がホームに現れる。全部で三両らしい。二両目に乗り込んだ。座席はオレンジ色のシートで、向かい合う形の四人がけがいくつか。

「江ノ電みたいだね」

隣に座った里瀬に言われたことで、あたしの中に、二人で江の島に行ったときの思い出が浮かび上がる。冬の海を見に行こうと言って、当日決めた、プランも何もない日帰り江の島旅行。寒かったたし、海岸はゴミだらけで汚かったたし、歩くのに疲れるしで、文句ばかり言っていたけど、今思い返すとあれはあれで楽しかった。

「超寒かったよね、江の島」

不満げに言う里瀬の言葉には、でもどこか笑みが含まれていて、あたしたちは同じことを思い出し、同じ気持ちになっているんだなと知る。

「ねえ、寒かったよね」

あたしは答えながら、車内をうかがってみる。自動車学校や、回線契約の広告など、どれも東京では見ないものだ。

ドアの上には路線図がある。座ったままではよく見えなかったので、立ち上がって読んでみることにした。伊豆仁田《にった》、原木《ばらき》、韮山《にらやま》。上のローマ字がなければ、読み方の全然わからない地名。静岡に来たんだなあ、とあたしは実感する。席に戻るあたしを、里瀬はちょっと不思議そうな顔で見ていた。

2　児玉《こだま》里瀬

カップルがいずっぱこと呼んでいた、伊豆箱根鉄道で到着した伊豆長岡《ながおか》駅で、わたしたちは自転車を借りた。いろいろ種類はあったけど、ラクだと聞いて、電動アシストのものを選んだ。それぞれリュックをかごに入れて、ペダルを踏み、駅でもらった案内マップをたよりに進んでいく。

東京よりも少しだけ暖かい気がする。

「電動のチャリって、こんなに軽いんだねー」

しみじみと、けれどはっきりとした口調で、少し後ろから麻友香は言う。

知らない道を進みながら、三月の柔らかい風を頰で受けるのは、とても気持ちがいい。麻友香の言うとおり、電動自転車はスイスイと軽く進んでいくし。

静岡に来てよかった、と自分の選択を改めて嚙みしめてみる。

他のところにしようよ、と麻友香は何度も言っていた。ディズニーランドのホテルに泊まってみたいとか、京都で桜を見ようとか、どの提案も確かに魅力的だった。けれど、どうしても譲れない理由があった。

あまりのわたしの強情さに、麻友香もいつもとは違う何かを感じ取ったのだと思う。結局、一泊二日の卒業旅行の行き先は、静岡となった。

「軽いねー」

「軽いねー」

わたしたちは同じ言葉を繰り返して笑う。

信号待ちで振り向いたとき、そういえば彼女が自転車に乗っている姿を見るのは初めてだ、と気づく。通学はいつも電車だし、どこかに行くときも、電車や地下鉄を利用する。バスや新幹線、修学旅行のときの飛行機やフェリー。あらゆる乗り物に一緒に乗ったつもりでいたけど、自転車はなかったなんて、意外なことだった。

修学旅行先は北海道だった。あの頃、麻友香は大塚《おおつか》くんと付き合いはじめたばかりだった。夜中に先生の目をすり抜けるようにして、非常階段で待ち合わせて大塚くんと会って、そこで初めてキスをしたのだ。キスしちゃった。少しかすれた声まで含めて、その報告を憶えている。二回目のキスや三回目のキスが、どこでどんなふうに行われたのかは知らない。

　北海道でのファーストキスを終えた麻友香が、どんな顔をしていたか、もちろん本人は知らないだろう。お風呂あがりだったから、少しだけ髪の毛が濡れていて、寝るためのTシャツとショートパンツ姿で、それでも大塚くんに会うために、コントロールパウダーを顔全体に薄くつけていて、眉毛を自然に見える程度に描いていた。

　わたしがこんなにも憶えている麻友香の表情や格好を、キスの相手である大塚くんは、どのくらい記憶しているだろう。今でも思い出したりすることはあるのだろうか。思い出して、可愛いと思ったり、いとおしく感じたりするのだろうか。

　麻友香はいつも、可愛さを意識している。少しでも可愛くいようとしている。くせっ毛を気にして、矯正パーマをかけてストレートにしたり、頻繁にまつ毛エクステに通ったり。大幅な校則違反をおかすようなことは少なかったけれど、卒業式も終えた今、さらに変わっていくのかもしれない。

　もともとの顔立ちも整っている。生まれつき色素が薄いのか、色が白く、髪が茶色く、目も茶色い。よく変わる表情は見ていて飽きないし、人なつっこさを感じさせる。どちらかといえば小さめの身長も含めて、わたしとまるで違うタイプだ。

「ほんと軽いね、チャリ」

まだ今は言えない、どうしても静岡に来たかった理由の代わりとして、わたしはそんな言葉を発してみる。

「ほんとだね」

明るく答えてくれた麻友香は、当然のことながら、こちらの心境なんてまるで気づいていないようだ。安心しながらも、どこかでほんの少し、それを寂しく思っている自分自身に気づく。

ようやく信号が青になったのを確認して、わたしはまたペダルを踏む。パノラマパークを目指して。

3　佐田麻友香

ロープウェイからの景色は、とても綺麗だった。

富士山のイラストが描かれたゴンドラには、だいたい五分くらい乗っただろうか。中にはウチワが置いてあって、そこにもやっぱり、オリジナルらしいイラストが描かれていた。暖かいとはいえ、さすがにウチワを使うほどではなかったけど、夏ならもっと暑いんだろうねと話した。

上部が少しだけあいたガラス張りの窓から、ずっと外を見ていた。建物が遠ざかっていき、木々の深い緑が広がっていく。ところどころに菜の花の黄色や、桜のピンクも。さっき自転車で橋を渡った狩野《かの》川も見えたし、何よりも富士山に感動した。

雪で上のほうだけが白くなった富士山は、よくイラストや漫画で見るようなものと、まるっきり同じ形をしていて、あたしたちは声をあげて喜んだ。しかも手前には海。

携帯電話で写真を撮ろうと、何度か挑戦したけど、ガラスにさえぎられているせいか、どうしても目で見ている景色ほどは綺麗にならない。それでも比較的よく撮れた一枚を選んで、メッセージを送った。富士山だよー、という一文を添えて。

「大塚くんに？」

訊ねられたので頷いた。

「相変わらず仲いいね」

里瀬の言葉で、狭い空間に、ほんのわずかな緊張感が生まれた。少なくともあたしはそんなふうに感じた。そこまで強いものではないけど、ちょっとしたトゲが含まれているようで。

勝手な勘だけど、里瀬は、和巳《かずみ》のことがあんまり好きじゃないのだと思う。成績の悪い、騒がしい男子だと感じているのだろう。それは間違いじゃない。

実際、和巳のほうも、里瀬をなんとなく苦手だと感じているみたいだ。あたしと仲がいいのを当然知っているからか、ハッキリとは言わないけど、里瀬の話になると歯切れが悪くなる。二人が仲いいの意外だよね、とか。児玉さんって楽しそうにしたりするの、とか。

隣のクラスだった和巳と付き合い出したころ——夏で、あたしは当時まだ和巳を苗字で呼んでいた——、密かに夢想していた。

彼の友だちと里瀬が付き合い出して、四人で遊んだりするようになったら、どんなに楽しいだろう、と。和巳とあたしと里瀬の三人でもあたしは構わないけど、里瀬はきっと気後れしてしまうだろうから。

なので付き合い出して少し経ってから、あたしは和巳に訊ねてみた。誰か里瀬と合いそうな男の子いないかな、と。彼は困った表情を見せた。そのとき初めて、彼が里瀬のことを、あまり好きではないのかもしれない、と意識した。

もっとも、逆もまたしかりだった。里瀬に、誰か気になってる子いないの？　とか、彼氏は欲しくない？　と聞いてみても、返ってくる答えはどれも否定だった。

あたしは自分の密かな願いを、密かに捨てた。

里瀬はいわゆる男嫌いというほどではないんだと思う。三年生になってから、地学の先生が気になるとも言っていた（あたしは地学を選択していないから、その先生のよさはあんまりわからない。廊下や教室での感じだと、単なる気弱なさえないおじさんに見えたけど、もちろん里瀬には伝えていない）。でも同い年の男子には興味がない、というか、むしろうっすらとした嫌悪すら感じていそうだ。クラスでも男子とはほとんど話そうとしないし。

里瀬は賢すぎるのかもしれない。勉強ができるし、本や漫画や音楽に詳しいし、雑学の知識もある。同い年の男子じゃ、きっと物足りないんだろう。あたしはあまり語られることのない里瀬の異性についての思いを、そう解釈している。

ロープウェイを降りるとすぐ、見晴らしのいい景色が視界に飛び込んできた。富士山も手前の海も、さっきロープウェイの中から見たものに違いないけれど、さえぎるガラス窓がない分、とても気持ちがいい。

カップルや親子連れにまじり、あたしたちもまた、景色を楽しむことにした。

今度はうまく撮れそうと思って、また携帯電話を取り出し、カメラを起動した。でもやっぱり、携帯画面に映る景色より、実際に見る景色のほうが勝ってしまう。とりあえず写真は保存した。

「足湯もあるんだね」

里瀬に言われて、視線を動かす。屋根のついた足湯スペースには、何人かの利用客がいた。

「足湯、いいね。入る？」

あたしの提案に、里瀬は一瞬悩む様子を見せてから、あとにしようか、と言った。

「先に行きたいところがあるんだ。いい？」

あたしは頷いた。断る理由なんてないし、今すぐ足湯に入りたいと思ってるわけでもなかったから。

里瀬は、近くにあったマップを真剣な顔で見ると、あっちだ、と言って歩き出した。

あたしも後をついていく。ふと疑問に思って聞いてみた。

「来たことあるの？　ここ」

「ううん、初めてだよ」

「そうなんだ。詳しいね」

スムーズさに、てっきり、思い出の場所なのかとでも思ったのだ。

「勘、かな。多分素敵なところだよ。とりあえず行ってみようよ」

答えには疑問が残ったけど、反対するつもりはなかった。あたしたちは無言で歩いた。石の階段を登り、木の橋を渡り、すれ違う人たちと軽い会釈を交わしたりしつつ。

「あ、ここだ」

あっというまの道のりだった。里瀬はさほど驚いた様子もなく言った。歩くときに足元ばかり見ていたので、言われたことで顔を上げた。

そこにあったのは鐘だった。

「『恋人の聖地』『幸せの鐘』……」

あたしは貼られているプレートを読み上げた。そして訊ねた。

「ここに来たかったの?」

頷きが返ってきたけど、あたしはとても意外だった。里瀬が、恋人の聖地という場所に興味を持つなんて。そもそも恋愛とか恋人とか、ずっと興味ない感じだったのに。

あたしがそう思っていることを感じ取ってか、里瀬が言う。

「本で読んでから、気になってたの」

「へー。小説？」

「……。うん。そんな感じ」

作者は誰かとか、どんな小説なのかとか、細かく聞くことはためらわれた。なんとなく。里瀬は付け足した。

「せっかくだから一緒に鳴らそうよ。これ」

「え、鳴らしていいの？」

「いいらしいよ。それに、そのためのロープでしょ、これ」

里瀬はそう言うと、鐘の中央から延びているロープを両手で握る。あたしも左側に行き、同じように両手で握った。わずかに触れ合う。

「せえの」

二人で声を揃えて、ロープを前後させた。

ガラーンガラーンガラーン
思ったよりも大きな音が出て、あたしたちはつい顔を見合わせ、笑った。幸せの鐘から出る音は、幸せの音といっていいのだろうか。とにかくその大げさな音が、どんどん景色の中に溶けていくみたいだ。ここからも富士山や桜や菜の花やつつじや名前を知らない植物たちが見える。

「あ、絵馬がある」

気づいて口に出し、近づいた。鐘の近くには、ハート形の絵馬がたくさん掛けられている。どれも同じもののようだから、ロープウェイを降りたところにあったお店で売っているのかもしれない。片面には、「縁結び」という文字と、四つ葉のクローバーのイラストがプリントされている。

里瀬と並んで、掛けられている絵馬を見た。ずっと一緒にいようね、いつか結婚できますように、大好き。そんな愛の言葉を並べているものが多数を占めている。恋人の聖地というだけあって、カップルで来る人がほとんどなのかもしれない。いくつか、両想いになれますように、なんていうものもあるから、恋愛成就祈願でもいいのだろうか。

「絵馬、書く?」

里瀬のほうを向いて言うと、里瀬は一瞬、切れ長の目を見開いた。ごくわずかに、眉間に皺が寄る。不快というのではなく、驚きのようだった。

「まさか」

またいつもの、感情の透けていない顔に戻り、里瀬は言う。

「でも、せっかく来たんだし。ずっと来てみたかったんでしょ？」

あたしはなおも言った。内心、好奇心がふくらんでいた。本で読んだからというだけで、里瀬がここに来たがるだろうか。もしかして、何か理由があるんじゃないかと思いはじめていた。

あるとすれば恋愛がらみのはずだ。卒業式で先生に告白したらと言ったのに、全然取り合わなかった。けれど本当は、あたしに内緒で告白していたのかもしれない。あるいは逆に、誰かに告白されて、誰かと付き合うことになったけど、まだ打ち明けてくれてないだけなのかもしれない。

もしも言ってくれるのなら、どんなことでも受け止めたいと思う。相手が結婚してるとか、ものすごくおじさんとか、犯罪者とか、問題を抱えていたとしても。期待をこめて、じっと里瀬を見た。

でも里瀬の口からは、別に絵馬はいいよ、とシンプルな言葉だけが返ってきた。

何か話してくれるつもりはないのだろうか。ちょっと試すみたいなつもりで、さらに言う。

「次にいつ来られるかわかんな……」

「いいよいいよ。もう行こう」

あたしの言葉をさえぎって言われてしまった。言葉自体は柔らかいけど、苛立っているようにも感じたので、さすがにこれ以上は言えそうにない。

どこかを目指して歩き出した里瀬に、また黙ってついていく。

パノラマパーク、と思ったとき、何かを思い出しかけた。この空気を変えたい気持ちもあるし、引っかかっているものが知りたくて、パノラマパーク、パノラマパーク、と何度も心の中でつぶやく。

そして思い出した。

「ねえ、昔貸してくれた漫画にあったよね。パノラマガール」

前を進んでいた里瀬が、こちらを振り向いて、一瞬のまを置いてから言った。

「『ジオラマボーイ　パノラマガール』のこと?」

「それ!」

予想外に大きな声が出てしまって、笑ってしまう。里瀬もちょっと笑った。

4　児玉里瀬

『ジオラマボーイ　パノラマガール』は、わたしが大好きな、岡崎京子《おかざききょうこ》の漫画だ。少女が少年と出会って恋に落ちるのだけれど、単純なラブストーリーとは異なる、いろんな要素の詰まった話。わたしや麻友香が生まれる前に描かれたものだけど、今読んでもすごくおもしろい。

漫画は大好きだ。ずっと一緒に育ってきたという感覚がある。よく行く古書店が何軒かあって、ジャンルによって、買う店をなんとなく決めている。一人で何時間でも過ごしてしまう。

麻友香にはたくさんの本を貸してきた。本人が読みたいと言ってくれたからだけど、わたしが読んでほしかったというのもある。共通項を増やしたかったのかもしれない。だから麻友香の中に、わたしが貸してきた本たちの印象が残っているのは、すごく嬉しい。特にあの本に関しては。

入学式の翌日にさっそく、何冊かの漫画を貸した記憶があるけれど、それは、前の日に話が盛り上がったからだった。

話しかけてきてくれたのは、麻友香――そのときはもちろん名前を知らなかったから、単に前に座っていた女の子――のほうだ。そこかしこで抑え気味なトーンで会話が交わされる、入学式が始まる前の教室で、振り向いた彼女が口にしたのは、ちょっと意外にも思える内容だった。

「ねえ、靴下、どういうの履いてきた?」

靴下? わたしの脳内にはクエスチョンマークが浮かんだ。それでも片足を、机の外に出すようにして、こういうの、と見せた。確か紺のハイソックスを履いていた。

「やっぱりハイソックスのほうがいいのかなあ。短いの履いてきちゃったの。これ、まずいかな?」

そう言って、わたしがしたのと同じように、麻友香も机の外に片方の足を出した。言葉どおり、靴下は白無地の短い、くるぶしを隠す程度のものだった。でも問題があるようにはちっとも思えなかったので、そのとおり伝えると、大丈夫かなあ、と不安げにつぶやき、それから表情を変えて、どこの中学校から来たの? と訊ねてきた。

人なつっこい子だな、と感じた。

先生が来るまでのあいだに、わたしたちは、お互いの出身中学を知り、名前を知り、中学時代の部活——麻友香はソフトテニス部で、わたしは吹奏楽部だった——を知り、休日の過ごし方を知り、連絡先を知った。麻友香はあの日のことを、どれくらい憶えているだろうか。わざわざ確認したことはない。

わたしは人見知りだ。だからもしあのとき、麻友香が話しかけてきてくれなかったなら、こちらから話しかけることはできていなかっただろうし、それはすなわち、高校生活自体がまったく違ったものになっていたことを意味している。

昨夜もずっと、そんなことを考えていたのだった。

「ねえ、これ、すっごくおいしいね。内閣総理大臣賞ってどのくらいだろうと思ってたけど、さすがだね。ついでに佐田麻友香賞もあげたい」

「それ、価値がむしろ下がっちゃうんじゃないの」

わたしが笑って言うと、麻友香は、それもそうだね、とさらに笑った。

目の前の狩野川は、穏やかに流れている。穏やかすぎて、動いていないのではないかと感じてしまうくらいだ。公園の土手になっている部分に並んで座って、たくさんの桜に囲まれて、さっき買った、ながお菓まんじゅうという名前の温泉まんじゅうを食べていると、時間の流れ自体が、いつもとは違って感じられる。

予定は特に決めていなかった。パノラマパークでビュッフェ形式のランチを終えてから、案内マップを広げて、どこに行くか相談した結果、お花見ができそうなこの場所にやってきた。

「つぶれずに持って帰れるかなあ」

リュックの中をごそごそと探るようにして、麻友香は言う。ながお菓まんじゅうのことらしい。

「おみやげ？　大塚くんに？」

「うん。かなり甘党なんだよね。一人じゃ行けないから、あたしが行きたがってるような体《てい》にして、ケーキビュッフェに誘ってきたりとか」

「そうなんだ」

なるべく冷たく響かないような言い方で、わたしは答える。自分で聞いておきながら、黒い影を落とすなんて、バカげていることだと思いながら。

大塚くんのことを話す麻友香の口調には、柔らかさというか、甘さが宿る。きっと本人は気づいていないだろう。

「わりと会ってるの？　最近は」

聞かなきゃいいのに、と別の自分が言う。確かにそうなのだろう。でも聞かずにはいられないのだ。

「うん、予定がないときはね。電話は基本的には毎日してるかな。一日あったことを報告するくらいだけど、結構長くなっちゃう」

「報告？」

「些細なことばっかりだけどね。お母さんがこんな話をしてたとか、夕食のメニューとか」

「ほんとに些細だね」

おもしろがっている感じで言おうと思ったのに、バカにするような響きになってしまった。気づかなかったのか、気づかないふりをしてくれたのか、麻友香は、ふふ、と小さな笑いをこぼしただけだった。

大塚くんの姿を思い浮かべる。実際に言葉を交わしたことはさほどないのに、麻友香からたくさんの情報を聞いているから、ずいぶん昔からの知り合いのような気さえしてくるから不思議だ。

麻友香はきっと、大塚くんに対して、わたしの話もたくさんしていることだろう。彼はわたしに、どんな印象を抱いているだろうか。単なる彼女の友だちという位置づけに過ぎないだろうか。

本当はそうじゃないのに。

一かけらだけ残っていた、茶色いまんじゅうを口に放り込む。控えめな甘さが口の中に広がっていき、さざ波だった心が、少しだけ落ち着くのを感じる。

5　佐田麻友香

「ああ、ほんっとおなかいっぱい」

残さず食べ終えると、あたしはそう口に出した。体全体に、今口にした夕食のメニューが詰まっている感じがする。向かいに座っている里瀬も、同じような気持ちらしく、深く頷いた。

ホテル天坊という名前のここは、パノラマパークのすぐ近くだった。里瀬が選んでくれたのだ。いろんなホテルのホームページを見比べたという甲斐のある、雰囲気のいいホテルだ。部屋の窓は大きめで眺めもよかったし、食事の前につかってみた温泉も、お湯が柔らかくて、外からの空気が気持ちよかった。食事を終えたら、またゆっくり入りに行こうと決めている。

料理も期待以上だった。前菜、お造り、焼き物、お魚、お肉。それに食後のフルーツ。運んできてくれた仲居さんの説明によると、地元の食材が多く使われているらしかった。どれもおいしくて、一口ごとに、おいしいね、と里瀬と声に出しながら食べた。

「でもしばらくお風呂行けないかもね。苦しくて動けない」

「うん。あたしもそう思ってた」

里瀬の言葉に同意する。この大広間から部屋に戻るのでさえ、時間がかかってしまいそうだ。

携帯電話が揺れる。

和巳からの返信だった。箸をつける前の料理を撮影して、いくつかを送っていたのだ。

【すごい量だな！　太りそう】

語尾に豚の絵文字がついている。

また携帯電話を横に置いて顔を上げると、こちらを見ている里瀬と目が合った。

同じように、語尾に豚の絵文字をつけて返す。

【もう手遅れかも】

何か言ったほうがいいような気がして、そう言うと、里瀬の口の端がかすかに上がった。笑いと呼べるほどではないけど。

「太りそうって言われたよ」

「彼へのおみやげ、温泉まんじゅうだけでいいの？　あとで売店見てみる？」

「うん、売店は見たいなー。明日の朝でもいいけど。でもあんまりおいしいもの買っていっても、何でもおいしいおいしいって言うから、逆にありがたみがないんだよね。

味音痴ってほどではないと思うんだけど」

話しながら、まただ、とあたしは思う。

和巳について訊ねられると、あたしはついしゃべりすぎてしまう。里瀬がさほど興味を持っていないように感じられると、余計に。母親の気を引きたくて、悪いことをする子どもみたいだ。なぜこんなふうになるのか、自分でも謎だ。

里瀬はまた、口の端をわずかに上げる。

その表情を見たとき、あたしの胸に、ふと宿る疑惑があった。

里瀬は和巳のことを、好きじゃないのだと思い込んでいた。でも本当にそうなんだろうか？　里瀬があたしの口から語られる和巳の話を、どことなく避けている様子なのは、その逆ってこともありうるんじゃないだろうか……？

一瞬だけだったのに、自分が思ったことが怖くなる。

でもそんなはずはない。だって、里瀬は和巳とほとんど話したこともないのだし。

そうだ。そんなはずはない。

「もう引越しの準備終わってるの？」

あたしは話題を変えたくて、そう聞いた。

里瀬は今度はしっかりとした笑みを浮かべ、首を横に振る。

「まだなんだよね」

「明後日だよね」

「うん、明後日。まずいよね」

「旅行、大丈夫だった？」

「うん、それはもちろん。むしろわたしがこの日程がいいなって思ってたから。気にしないで。ま、なんとかなるよ」

里瀬は明後日、岡山へと引っ越す。大学進学のためだ。

岡山の大学に行くことは、ずっと前から目標として、里瀬の口から語られていた。あたしにはよくわからない分野だし、詳しく語ろうとはしなかったけど、その大学でしか学べないことがあるのだという。

東京にはたくさんの大学があるのに、なぜわざわざ岡山に、と思わなくもない。というか、できるなら行かないでほしいと、やっぱり今となっても考えてしまう。でも里瀬が望んでいることだし、合格したときは本当に嬉しそうだったから、あたしだって喜ばなきゃいけないんだと自分に言い聞かせている。

携帯電話がまた揺れた。

【別人になって帰ってきたらどうしよう】

今度はあせり顔の絵文字だ。返信はあとにする。またやり取りをしているところを、里瀬に見られたくない気がした。

「岡山、遊びに行くね」

「うん。向こうで免許取るつもりだから、取ったら呼ぶね」

「え、それって、里瀬が運転してくれるってこと？」

「多分、観光するのとかは、車があったほうがいいんじゃないかな。さすがに車買う予定はないけど」

「運転してるとこ、想像つかないなー」

言いながら、ハンドルを握る里瀬の姿を想像してみる。やっぱり不思議な感じだ。でもあたしだって、免許を取ることもできる年齢なのだ。思わずつぶやいた。

「あっというまだったね、高校生活」

「どうしたの、突然。しみじみしちゃって」

「だってほんと、あっというますぎて」

あたしはそれから、ついこないだの卒業式の話を始め、里瀬もそれに乗っかってきた。しばらく盛り上がったあとで、気づいたように里瀬が言う。

「そろそろ部屋に戻ろうか」

「そうだね」

立ち上がった里瀬に、高校生活で何が一番楽しかった？　と聞いてみたい気がしたけど、なんとなくためらわれた。

6　児玉里瀬

いつのまにか眠ってしまっていたらしい。

目を覚ましたとき、隣に座った麻友香は、携帯電話を操作しているようだった。きっと大塚くんへのメールだろう。

窓の外の景色は動きつづけている。もうそろそろ神奈川に入っただろうか。昨日の行きに知ったことだけれど、東京・三島間はあっというまだ。

「寝てた」

わたしがそう言うと、麻友香は携帯電話をしまい、こちらを向いて、ほんのちょっとだったよ、と言った。

「十分くらいかな。昨日、眠れた？　あたしのほうが先に寝ちゃってたよね。記憶ないけど」

「うん、眠れたよ」

嘘だった。寝つくのも遅かったし、真夜中か明け方に一回目が覚めて、そのあともなかなか眠れなかった。

一つのことを飽きもせずに考えていた。いくら考えようと、答えなんて出るわけないとわかりながら。

「今日もいろいろ動いたもんね。楽しかったね」

「うん。楽しかったね」

麻友香の言う「楽しかった」が、心からのものならいいと思いつつ、相づちを打った。

今日は朝からしっかりと活動していた。

ホテルの朝食バイキングを済ませてから、売店でそれぞれおみやげを買い、チェックアウトをして、特に予定は決めずに、今日も自転車で移動した。

途中、イチゴ模様のガードレールを発見したときには、盛り上がった。一つ一つは単なる色のついたガードレールでしかないから、ある程度速く通り過ぎないとわからないようになっている。歩いていたのでは、気づきそびれたかもしれない。それが嬉しかった。

いくつかある足湯が快適だった。いい天気の春の日に、足湯につかって、とりとめもない話をしているうち、じんわりと温かさが広がっていく。

お昼ごはんは、現役の芸者さんがやっているという和カフェで食べた。生シラスと桜海老が入った丼。しばらく静岡に来ることはないんだろうなと考えると、噛む速度が自然とゆっくりになってしまった。

駅前で自転車を返して、今はもう、新幹線に乗っている。

メロディーが鳴り出し、もうすぐ新横浜駅に到着することを伝えるアナウンスが流れる。

「あっというまだったね」

麻友香の言葉に頷いた。それが、三島駅からの乗車時間を意味しているのか、旅行を意味しているのか、もしかすると昨日の夜にも言っていたように高校生活全体のことなのか、はっきりわからなかったけれど、どれに対しても頷いて間違いはなかった。

「しばらく会えないなんて、変な感じだね」

わたしは言った。麻友香は、うん、信じられない、と言った。

あんなに毎日のように会っていたのに、明日からは、次にいつ会えるのかわからない生活になる。そんなの嘘みたいだ。誰か別の人の話みたい。

渡さなきゃ。

わたしは覚悟を決め、荷棚から自分のリュックをおろした。

「あれ、東京駅まで行くよね？　品川で降りるの？」

「ううん、東京までだけど」

答えながら、サイドポケットに忍ばせていたものを取り出す。そして手渡した。

「これ」

「え」

麻友香は受け取りながらも、疑問の表情を浮かべていた。

「手紙。帰ってから読んで。電車とかじゃなく、できれば家で」

わたしがそこまで言うと、ようやく納得したらしくて、軽く頷くと、言った。

「うん、わかった。ありがとう。あたしも書いてくればよかった。ごめん」

申し訳なさそうな様子から、この手紙の内容について、麻友香はまるで想像していないのだろうということがわかって、苦しくなった。ごめんと言うべきなのは、こっちなのに。

「謝らなくていいよ。そんな」

そんな顔しないで、と言うのもおかしなことに思えて、言葉は途中で止まってしまう。渡したのだと意識すると、さっきまで落ち着いていた鼓動が、急に速くなるのを感じた。

パノラマパークに飾られていた、たくさんのハート形の絵馬を思い出す。もし一人きりだったら、わたしはあの絵馬に、どんな思いを書いていただろうか。

7　児玉里瀬から佐田麻友香への手紙

麻友香へ
突然の手紙でごめんね。
こんなふうに手紙を書くなんて、久しぶりな気がする。ちょっと緊張しています。
旅行、おつかれさま。楽しかったですか？　楽しかったならいいな……。出発前日に、これを書いています。予定では、パノラマパークに行ったり、温泉に入ったり、おいしいものを食べたりしたはずなんだけど。ちゃんとそのとおり回れたかな。天気も、今のところ晴れの予報だけど、にわか雨に当たったりしてないか不安です（「心配性だね」とか言われそうだけど）。

一緒に旅行してくれてありがとう。ずっと楽しみだった。

今回の旅行にかぎらず、わたしの高校生活は、麻友香とともにあったといっても過言ではありません。って、かなり恥ずかしいこと書いちゃってる気もするけど、めったにないことなので見逃して！

入学直後から思い返してみても、わたしの近くにはいつも麻友香がいてくれたし、麻友香のいない高校生活がどうなってたか、まったく想像もつきません。もしかすると登校拒否になったり、学校やめちゃったりしてたかもしれない。ちょっと大げさだけど、そんなふうに思います。

時々は意見の食い違いとか、ケンカとかもあったけど、そういうのも含めて、大切な存在でした。何回言っても伝えきれないけど、ありがとう。

数日後には岡山に行くっていうのに、まだ全然実感がわきません。

合格したのは本当に嬉しかったし、一人暮らしはずっと楽しみだったけど、いざ近づいてくると、不安が大きくなってきています。岡山がどんなところなのか全然わかってないし、大学生活が全然イメージできません。友だちできるのかなあ。

何よりも、岡山には麻友香がいないということの重みを今さらになって感じています。行ったらもっとなのかな。

実は岡山に行く前に伝えておきたいことがあって、この手紙を書くことにしました。最初は、旅行の終わりに、自分の口で言おうって考えてたんだけど、何回シミュレーションしてみても、ちゃんと言える自信がないので、この形にしました。

麻友香に謝らなければいけないことがあります。ずっと嘘をついていました。言い訳すると、嘘のつもりではなくて、どうしても言えずにいたんだけど、麻友香にとっては同じことかもしれない。

わたしは麻友香のことが好きです。もちろん友だちとして大切な存在だったけど、それだけじゃなく、恋愛として、好きです。

驚かせてしまってごめんね。自分でも信じられないし、何度も気のせいだろうと思おうとしていました。麻友香にも話していたように、先生のことを意識してみたりもしたし、同じクラスや学年の男子たちの中では、誰が好きかなってことも考えてみたりした。でもわたしにとって、麻友香を超すくらいの存在になれる人は思いつかなかったし、これからも出現するのかは疑問です。

麻友香が大塚くんと付き合うようになったと報告してくれたとき、麻友香が嬉しそうだったから、わたしも嬉しかったし、おめでとうって言った気持ちも嘘じゃなかったけど、あのときくらいから、わたしの胸には言えない思いが膨らむようになりました。嫉妬だと気づくのに、そんなに時間はかからなかった。

嫉妬だと認めてもなお、自分自身が戸惑っていました。最初は、単に麻友香と遊ぶ時間が減ってしまうとか、そういうのがつらいからだろうと考えていました。でも考えているうちに、そうじゃないと気づいた。わたしは麻友香と恋人になりたいんだと。誰にも渡したくないし、ずっと二人で仲良く過ごしたいと思った。

だから正直、大塚くんの話を、素直に聞いてあげられないときもあったし、口にしなくても嫌な思いをさせていたかもしれない。もし気づかないうちに嫌な思いをさせていたら、それは全部わたしの未熟さのせいです。ごめん。

気持ちが悪いと思われてしまうかもしれない。言わずにおくことも、もちろん考えていました。でもやっぱり伝えたかった。たくさん一緒に楽しい時間を過ごしてきたからこそ、このまま黙っているのは、卑怯な気がした。


今回、パノラマパークに行こうと強く主張したのも、実はそういう理由です。

テレビで、恋人の聖地としてパノラマパークや幸せの鐘が紹介されているのを見て、麻友香と一緒に訪れたくなった。もちろん、それでどうこうなるって思ってるわけではなかったけど、どうしても最後に行っておきたかったの。

行きたがってる理由についても、何度も聞かれたのに、恋人の聖地だからと言うのはためらわれてしまい、麻友香には疑問を抱かせてしまったかもしれない。

あと、パノラマパークという施設の名前を聞いたときに、わたしの好きな漫画でもある『ジオラマボーイ　パノラマガール』っていうのを思い出したのも、ここに惹かれた理由です。麻友香にも貸したことあるんだけど、憶えてるかな。

話がずれちゃったけど、大塚くんと別れてほしいとか、そんなふうには思っていません。それは信じてください。二人が仲良くやっていって、麻友香が幸せに過ごしていくことが、わたしの願いでもあります。麻友香がいつも楽しく嬉しい気持ちで過ごしていってくれることを、ずっと望んできました。今もです（勝手な願いだとも知りつつ）。

思いのほか長い手紙になっちゃった。読んでくれてありがとう。

そして何より、驚かせてしまってごめんなさい。もしかしたら嫌な思いをさせてしまっているでしょうか。こちらの意見ばかりを、好き勝手に書いてしまったこと、申し訳なく思っています。

そのうえ最後に勝手なことを書いてしまいますが、わたしは本当に麻友香と会えて、たくさんの時間を共有できて、とても幸せでした。もしも麻友香がわたしとこの先関わりたくないというのなら、それも当然だし、しっかりと受け止めます。一枚目にも書いたけど、今までありがとう。本当に本当に、どうもありがとう。

里瀬

8　佐田麻友香

全部で便箋十一枚にもわたるその手紙を、あたしは三回読んだ。渡されたときに言われたとおり、自分の部屋で。一人きりで、ベッドに腰かけて。じっくりと、一文字も逃さないようにして読んだ。短大の入試問題を解いていたときよりも必死だったと思う。

元通りに畳み、便箋と同じ、植物柄が印刷された上品な封筒にまた戻したとき、あたしは自分の鼓動がやけに速くなっていることに気づいた。

里瀬が、あたしを好き？

嘘や冗談にしては手がかかりすぎているし、意図もわからない。第一、里瀬はそんなことをするタイプじゃない。

一方で、時おり漂っていた微妙な空気の正体が明らかになった気もした。自分がまるで的外れな推測をしていたことも。里瀬が和巳を嫌っているのではないかとか、逆に好きなのではないかとか。どちらも違っていた。

自分の感情がつかめない。最後に書かれているように、関わりたくない、とは思わないけれど、どう答えるのが正解なのかちっともわからない。

どうしよう。

どうしようどうしよう。

あたしは机の上に置いていた、携帯電話を手にした。和巳に相談しなければいけない気がした。指がちょっと震えてしまう。

電話はすぐにつながった。

「どうしたー？」

二日ぶりに聞く声が、懐かしく感じられる。

「ただいま」

「おかえり。旅行どうだった？」

里瀬のことを伝えようとした瞬間、違う、と思った。

和巳には何でも報告してきた。でも里瀬のことはダメだ。

里瀬があたしを好きでいてくれたこと。きっと誰かに言葉で話したなら、その瞬間に、どこかが崩れてしまう。そしてどこかが崩れれば、全部が壊れてしまう。そのことが、理屈じゃなくて感覚でわかった。

「楽しかったよ。……すっごく」

「おもしろい場所あったの？」

「パノラマパークかな」

口にしたときに、『ジオラマボーイ　パノラマガール』のストーリーが浮かんだ。忘れていた部分。パノラマパークでは、表紙や、ざっくりとした流れしか思い出していなかった。

確か主人公のことを好きな女友だちが出てくるのだ。女友だちに告白された主人公は、彼女にキスをする。ファーストキス。そのあと女友だちは転校してしまう。

「何があったの？」

「幸せの鐘とか。富士山見えた」

「あ、写真送ってくれたとこか。天気よくてよかったね」

あたしは里瀬にキスできるだろうか。できない、きっと。しないと誰かが死ぬとかなら、そんなむちゃくちゃな条件があればやるけど、したいかどうかでいうと、したくない。でも。

「あたし、里瀬が好き」

「へ？」

「賢いし、いろんなこと知ってるし、優しいし。里瀬がいなかったら、あたし、多分違う人になってた。きっと高校生活もつまんなかった。いつも本とか漫画とか貸してくれて、話聞いてくれて」

「え、どうしたの？　なんで泣いてんの？」

電話の向こうの和巳に伝わってしまうほど、あたしの目からは涙が、鼻からは鼻水が、勢いよく流れ出し、頬やあごを流れていった。声もどんどん変わってきてしまう。

「里瀬とずっと仲良くしたい。ずっと友だちでいたい」

「どうしたんだよ。引っ越しちゃうから、寂しくなったの？　遊びに行けばいいじゃん。それにたまにはこっちにも帰ってくるんでしょう？」

「うん。でもほんとは、岡山に行くのも寂しい。言わないように我慢してたんだけど」

「大丈夫だよ。大丈夫大丈夫」

あせった様子で和巳が繰り返す言葉は、全然大丈夫じゃないみたいで、でもそれを聞くうちに、確かに冷静になれていくような気がした。

「ごめんね。またメールするね」

「え、もういいの？　なんかよくわかんないけど、あんまり落ち込まないようにね」

「ありがとう」

あたしは電話を終え、ティッシュで涙をふき、洟《はな》をかんだ。

ありがとうって、里瀬にも言わなきゃ。岡山に行くのが寂しいってことも。恋人にはなれないけど、ずっと友だちでいたいってことも。全部伝えなきゃ。手をつないだり、キスしたり、そういうことじゃなくて、二人でしたいことがいっぱいある。

深呼吸したとき、入学式の日、靴下について話しかけたあたしに対して、里瀬が見せた不思議そうな表情が浮かんだ。あの日のこと、里瀬は記憶しているだろうか。

また携帯電話に触れたあたしの指は、もう震えてはいない。

第7話　さかさまの星

（NZ）

日曜の午後、巨大な窓のあるカフェで、わたしたちは白いテーブルを挟んで向かい合い、タルトを食べている。ゴルゴンゾーラチーズのタルトだ。塩気と甘みが絶妙で、口にした瞬間、おいしい、と思わずつぶやいてしまった。紘美《ひろみ》は、わたしよりさらに大きな声で、おいしいねー、と満足げだ。フォークを持つ紘美の指は、今日も爪が綺麗に彩られている。水色のベースに、シルバーのラインやゴールドのドット。指ごとにラインの入り方が異なる、凝ったデザイン。薄いピンクを塗り、ムラをごまかすためにゴールドのラメを一面に重ねているような、わたしの爪に比べると、お金も手間もかかっている。

六月の日射しは、窓際ではないここの席まで届いている。雨じゃなくてよかったな、と玄関を出るときにも思ったことを、改めて思う。

店内は混雑している。客の多くが若いカップルだ。客のほとんどが談笑していて、店員はせわしなく立ち働いている。BGMとして、CMソングに使われていたような有名な曲がインストでかかっているけれど、周囲の声が騒がしいので、耳を傾けている人は誰もいなそうだ。

ゴルゴンゾーラチーズのタルトがおいしいらしいよ、食べに行こうよ。そんなふうに誘ってもらい、こうしてやって来た。今日にかぎらず、誘いは、たいてい紘美のほうからだ。わたしたちが知り合った大学時代から変わらず。

そして、タルトを半分くらい食べた頃になって、紘美はわたしに提案を持ちかけた。今日のお茶なんて目じゃないくらいの大きな誘いだというのは、後で知った。

「ねえねえ、テカポに行ってみない？」

テカポ。行ってみない、という言葉からして、きっと地名、それも外国だろうということはすぐにわかったけれど、どんな地域にあって、どんな場所なのかはまるでわからなかった。アフリカなのかアメリカなのか、ヨーロッパなのかアジアなのか。全然絞れない。だから聞き返した。

「テカポ？」

「テカポ」

紘美は満足げに微笑み、口に含んでいるタルトを嚙み、飲み込んでから言った。

「ニュージーランドにあるの。星空がものすごく綺麗でね、世界自然遺産に登録しようとしてるんだって」

「ニュージーランド？」

意外すぎる言葉に、わたしはまた、言葉を繰り返してしまう。頭の中に世界地図をイメージする。わたしが世界地図をイメージするときに浮かぶのは、中学校のとき、教室に貼られていたものだ。日本が中心のその地図は、日本を含めたアジア地域はオレンジに塗られていた。国の名前と海の名前が小さく入っている。ヨーロッパは黄色だった。アメリカは緑。

ニュージーランドは、下に位置していた。赤かピンクだったはずだ。並んでいるオーストラリアに比べると、ずっと小さかった記憶がある。

世界地図を左（その地図ではヨーロッパだった）にまっすぐ行けば右（アメリカ）から出ることはできるけれど、下（オセアニア）にまっすぐ行っても上（北極）から出ることはできないのだという事実に納得できないと、男子たちが騒いでいた記憶がある。ドラクエでは出られるのに、と主張していた。しばらく会っていない彼らも今はさすがに、北極と南極がひどく遠いことに、異議を唱えたりはしていないだろう。

「佑一《ゆういち》が、高校時代、ニュージーランドで過ごしたことがあるらしいんだよね。といっても、夏休みの一ヶ月くらいみたいなんだけど。ホームステイしてたんだって。だからもしかすると少しは、案内してもらえるかもしれない」

　紘美の言葉により、些細な記憶の世界から、ぐっと現実に引き戻される。日が差し込む日曜の午後のカフェに。

　佑一というのは、紘美の彼氏だ。わたしは彼を佑くんと呼んでいる。かつては苗字で呼んでいたけれど、わたしの彼氏である和晴《かずはる》が、彼をずっと佑と呼んでいるから。佑くんと和晴もまた、わたしと紘美のように、大学時代から仲のいい友だちなのだ。

「高校時代にホームステイかぁ。すごいね。佑くん、英語できるんだもんね」

「唯一のとりえって感じだけどね」

「そんなことないよ」

　本心で言った。もちろん、紘美も本気で言っているわけではないだろう。唯一どころか、佑くんは長所ばかりだ。顔立ちが整っていて背が高く、社交的でおもしろくて親切だ。何よりも紘美のことを好きな気持ちをまったく隠さない。彼女をひろちゃんと呼び、一緒にいるときは気配りを欠かさない。欠点を探すのが難しいほどだ。

「それで、佑一、十月に休みが結構取れるらしくって。今年で勤続五年になるとかで、リフレッシュ休暇があるんだって。一週間くらい休めそうだから、ニュージーランドに行きたいねって話になってるの。十月だったら、わたしもう、今の会社辞めて自由の身になってる予定だし」

紘美はまた微笑んだ。斜めに流している前髪を、軽く直すように触れながら。顎の少し下で切りそろえられている毛先も斜めだ。髪を伸ばしていた時期もあったけれど、紘美はこのくらいの長さのほうが似合う。

佑くんは損害保険会社に勤めている。リフレッシュ休暇。やはり大きな会社は福利厚生がしっかりとしているのだな、と感心してしまう。

「そっか。仕事は九月いっぱいだっけ？」

「うん、有休消化もあるから、実際の出社は、多分九月中旬くらいまでだけどね。もう待ち遠しいよ」

「あと少しの辛抱だね」

広報として勤めている飲料メーカーを、紘美はもうすぐ退社予定なのだ。人間関係がずいぶん大変らしい。話を聞く限り、一方的な被害者というわけではなさそうだけれど、なんにしてもこの数年しんどい様子はあった。次の仕事は決まっていない。ゆっくり探していく、と言っていたので、多分貯金もそれなりにあるのだろう。仲が良くても、具体的なところまでは聞けない。小学生でもないのだし。

「でね、テカポ、朋乃《ともの》と和くんも一緒に行けたら楽しいだろうねって佑一と話してて。仕事休めない？」

矛先がこちらに向けられたことに、驚いてしまう。確かにテカポに一緒に行こうというのが話の発端だったものの、ニュージーランドという聞きなれない響きに、すっかり自分から遠いものに位置づけてしまっていた。

すぐに返事をできずにいるわたしに、やっぱり忙しいかな、と紘美は首をかしげながら言った。

「わたしの仕事は大丈夫だと思うんだけど」

そう答えた。

わたしはフリーライターとして活動している。書籍レビューを専門にしていけたらと思っているけれど、今のところは、来た仕事はたいてい引き受けている。読者アンケートをもとにした特集、出版社の新人賞の応募原稿下読み、オープンしたカフェの紹介記事。最初は不安で仕方なかったけれど、同級生たちとそう変わらない水準の生活をしていける程度に仕事はもらえている。かといって、ものすごく稼いでいるということもなくて、身動きが取れないほど忙しいなんて状態はめったにない。十月も多分、出発前に前倒しで頑張っておけば、一週間くらい旅行することは可能だろう。

「和くんは難しそう？」

「うーん、そうだね」

曖昧な返事になってしまう。実際、和晴が一週間ほど休んでいるのなんて、夏休みや年末年始以外では見たことがない。彼は財団法人に勤めていて、映像に関係する仕事をしている。仕事内容の細かな部分は、いまだによくわからない。わたしがわかっていないことを知ってか、彼もさほど説明しない。

「まあ、そうだよねー。でも一応聞いてみてよ。二人で行くより、四人で行ったほうが絶対に楽しいし」

「そんなことないんじゃない？　二人で行っても楽しそう」

「んー、楽しいは楽しいけど、ラブラブってわけじゃないからね。もう付き合ってかなり経つわけだし。って、朋乃のところもそんなに変わらないよね。相変わらず仲はいいの？」

「悪くないけど、そっちのほうがよっぽど仲いいと思うよ」

「えー、どうだろう。いつもわたしが怒ってばっかりいるけどねー。あ、ねえ、朋乃のところって」

紘美は一旦言葉を止めた。わたしはミントティーを飲んでから顔をあげる。まっすぐに目が合った。

「結婚の話とかしてる？」

訊ねられ、口元に力を入れた。平静を装うために。

「ううん、特には。まあ、いつかは、って感じだけど」

「不安にならない？」

「わたし、あんまり結婚願望ないんだよね」

「そうなんだ。わたし、最近わりと強まってるかも。結婚願望。どう考えてるのかなあって思っちゃう」

「本人に聞いてみたりしないの？」

「もちろん聞きまくってるよ。でも、今はまだ仕事が忙しいんだって。そんなの毎年忙しくなるんじゃないの、って思っちゃうけどねー」

「ほんとだね」

相づちを打ちながら、先月の光景を思い出す。わたしの二十七歳の誕生日の夜だった。レストランで食事を済ませ、いつものようにわたしの部屋で二人で過ごしているときに、和晴は、そろそろ一緒に暮らそうか、結婚しよう、と言ったのだ。わかりやすく、しっかりとしたプロポーズだった。びっくりしたー、と笑って流してしまったプロポーズの返事について、本当は真剣に考えなければいけない時期だ。あれから特に結婚の話題を持ち出してきてはいない和晴だって、何も考えていないわけじゃないとわかっている。

また一つ、紘美に対して秘密を増やしてしまった、と思う。

紘美と佑くんが出会ったのは、七年前の夏だ。その日も前日や前々日と同じように、ひどく暑くて、そのくせ夜にはものすごい雨が降った。どうしてこんなにしっかり記憶しているかというと、わたしもその現場にいたからだ。

わたしたちは、夏休みだけのイベント会場にアルバイトに来ていた。誘いはもちろん紘美のほうからだった。インターネットで見つけたそのバイトに、一緒に応募して、一緒に受かり、一緒にシフトを組んだ。

芸能人の案内も仕事内容に含まれていたことから、誰かに会えるかもね、とミーハーな紘美は始まる前から盛り上がっていた。結局、一度感じの悪いアナウンサーを見かけたくらいで、二週間のアルバイトは終わったけれど、彼女は恋人を見つけることになったのだから、芸能人を見るよりよっぽどすごい気もする。

初日、汗まみれになってバイトを終えたわたしたちは、帰ろうとして、雨に閉口した。バケツをひっくり返したような、という言い方がふさわしいもので、わたしは折りたたみ傘を持っていたけれど、焼け石に水でしかないことは、歩いている人たちの様子を見れば一目瞭然だった。ガラス張りのドア越しに、建物から出るタイミングを探っていると、後ろから声をかけられた。

「すっごい雨だね、これ」

振り向くと、一人の男の子が立っていた。なんとなく見覚えがあったので、さっきまで一緒にバイトをしていた子だなというのはすぐにわかった。背が高い。一八〇㎝以上あるだろうか。目は二重でくっきりとしていて、たたずまいも含めて、モデルみたいだな、と思った。

「ほんとですねー」

答えたのは紘美のほうだった。

「傘ないの？」

彼は、わたしの手元の折りたたみ傘と、バッグ以外は持っていない紘美の手元を見比べるようにして訊ねた。

「一応、一本は」

わたしは答えた。持っているほうが答えなきゃいけない気がして。

彼は驚くでもなく、悩むでもなく、交換しようか、と言った。

「交換？」

「おれの傘、大きめだから、これ二人で使いなよ。その代わり、この傘貸して」

わたしの傘を指さしながら、彼は言った。提案自体はわかったけれど、そのまま了承していいものか悩んでいると、彼はこちらに、自分の持っている黒い傘を差し出してきたので、そのまま流れで受け取ってしまった。こちらの傘も差し出す。

「でも、これ、水玉ですよ」

わたしは彼に言った。折りたたみ傘は明らかに女物で、男の人が使うのには似つかわしくなかったから。

あはは、と彼は笑った。快活という言葉の似合う笑い方だった。

「いいよ。水玉。可愛いの使わせてもらうね」

紘美も笑い、わたしもまた笑った。それから三人で駅まで揃って歩いた。わたしたちは黒い傘を、彼は水玉の傘を差して。今日のバイトの感想なんかを話しながら歩く駅への道のりは、あっというまに感じられた。結局全員がびしょ濡れだったが。

帰り道は途中の駅まで一緒だった。先に降りる彼に、黒い傘を返し、水玉の傘を返してもらい、手を振って別れた。そして翌日もバイトで会い、休憩室で連絡先を交換した。彼はわたしたちの一つ上で、都内の大学の法学部に通っていることなどもそこで知った。

バイトの期間内、そしてバイトが終わってからも、たまに三人でごはんを食べるようになり、ごくたまには出かけたりもした。映画を観たり、ダーツをしたり。

紘美がわたしに、佑くんのこと好きかも、と打ち明けたのは、風が冷たくなりはじめた頃だった。わたしは驚かなかった。多分そうだろうなと思っていたし、さらに言えば、二人は付き合い出すだろうなと予想していた。事実、少し経ってから、二人は恋人となった。最終的には、紘美から佑くんに告白したらしい。

二人が付き合い出してからも、時々は三人でごはんを食べたりしていた。佑くんは今までどおり、紘美のことをひろちゃんと呼んだけれど、向けているまなざしの種類は明らかに以前とは異なっていた。紘美は酔っぱらうとすぐに佑くんにもたれかかり、彼は困りながらもどこか嬉しそうだった。

のちにわたしの恋人となる、和晴を紹介してくれたのも佑くんだった。

和晴とは、初詣で出会った。三人で出かけると思い込んでいたら、待ち合わせ場所には、知らない男の子がもう一人いて、それが和晴だった。猫背で、眼鏡の中の一重の目は、笑うとさらに細くなった。佑くんとくらべると物静かな、ぽつりぽつりとしゃべる人だった。

それからは四人でよく会うようになった。

佑くんと和晴の関係は、紘美とわたしの関係に少しだけ似ているような気がした。

陽と陰、とまで言うと大げさだけれど、メインとサイドディッシュのような関係。佑くんと紘美が、どこまで意識していたのかはいまだにわからないけれど、だからこそわたしに紹介しようと思ったのかもしれない。

和晴と話すのは気楽だった。沈黙が多くても、それが当たり前のようになっていたので、気にならなかった。佑くんと紘美がおもしろいことを言い、はしゃいでいるを、わたしたちは小さく笑いながら見守る。四人の時間は楽しかった。

和晴がわたしに告白してくれたとき、驚いたものの、断ろうとは思わなかった。とても自然なことのように思えた。きっとそうするべきなのだろう、と。断る選択肢なんて存在していなかった気がする。わたしはこの四角形を、とても愛していたし必要としていたから。

それぞれが大学を卒業し、就職しても、わたしたちの四角形は壊れることなく保たれている。四人で集まる機会は少なくなったけれど、変わらない安心があり、調和がある。

あの夏に、確実にわたしたちの人生は変わったのだ。バイトが紘美から誘われてのものだったということを、わたしは一生意識しつづけると思う。紘美が、さほど考えてもいないであろう事実を、ずっと記憶している。

日本人ばかりを乗せたワゴン車は、夜の中を進んでいった。

日本にくらべて、ただでさえ街灯の少ない道は、途中からさらに暗くなり、山道に入ってからは、完全な暗闇となった。世界最南端の天文台の周囲は、星空を観賞しやすくするために、余計な照明を除いているのだと、ガイドの男性がワゴン車の中で説明してくれた。

車を降りると、山だった。近くにいる三人の顔すら確認できないほどの暗さだ。顔をあげると、星空があった。

「わぁ」

声が出たのはわたしだけではなかった。紘美も、和晴も、佑くんも、他の見知らぬ参加者たちも、それぞれ声をあげている。

こんなにも星はあるのか、と思った。星の数ほどという比喩の意味を、初めて実感できた気がする。小さいものも、大きく明るく輝くものも。異なるリズムで、瞬き、光っている。

「足元にお気をつけてください。観賞ポイントにうつります」

ガイドの男性に続くようにして、さらに山を登っていく。

南半球だからてっきり暖かいのだろうと思い込んでいたけれど、十月のニュージーランドは冷え込んでいる。山は余計にだ。ツアー申し込み場所で貸してもらったダウンジャケットは、さすがに大げさではないかと思っていたのに、これでもまだ少し寒いくらいだ。

歩いていくうち、目が暗さに慣れていく。周囲の景色や人の顔が、少しずつ判別できるようになっていく。転ばないようにしながら、わたしは時々顔をあげた。そこには常に星空があって、名前も知らない星座たちが、ただ黙って存在している。

天文台の横で、レーザーポイントペンを使って、ガイドの男性がいくつかの星について簡単に説明してくれた。

中でもわたしたちの興味をひいたのは、南十字星だ。日本でも、沖縄ではたまに見られるということだったけれど、わたしは初めて見た。普段見られない星。

説明を終えると、ガイドの男性は言った。

「それではよかったら、お好きなポイントを探して、しばしご覧ください。わたしはこのへんにおりますので、質問などありましたらお気軽にどうぞ。抵抗がある方もいらっしゃるかもしれないんですけど、わたしのオススメは、大の字で仰向けになって見ることです。まるで違う見え方になりますよ」

言い終わるくらいで、隣にいた紘美が、あっちに行こうよ、と声をあげた。反対する理由なんてない。わたしたちは四人で移動し、約束していたかのように、揃って仰向けになった。

寝転がってみて驚いた。もう早くも見慣れつつあった星空が、さらに違ったものに見えたからだ。こっちに向かって降り注いでくるような、無数の星。綺麗、としか言えなかった。貧しい語彙がいやになってしまう。けれどどんな言葉も、特別な比喩も、意味がないと思った。圧倒的だった。

胸がいっぱいで、何も言えない。他の三人も黙っていた。ただ同じ空を見て、違う星を見ていた。

この旅について、ゆっくりと思い出していく。

そもそも実現すらしないだろうと思っていた旅は、和晴が、じゃあ夏休みを十月に取れるようにするよ、と言ったことで、あっさりと実現にこぎつけた。

十二時間の長いフライトを経てやって来た、わたしにとって初めての地であるニュージーランドは、自然が豊かな土地だった。日本のものとは違う植物を、そこかしこで見た。そして信じられないような景色をたくさん目にした。

中でも、世界遺産でもあるミルフォードサウンドでのクルーズは、写真で見ても嘘みたいな、忘れられない風景の連続だった。両側の断崖絶壁には林があり、突如巨大な滝が出現する。景色というより、映画やテーマパークといったカテゴリのほうにずっと近い気がした。コバルトブルーのテカポ湖も美しかった。感激して声をあげた。

頭の中のアルバムをめくりながら、昨日の夜のページで、わたしは手を止める。

昨夜は、イタリアンのお店に入って、ピザやパスタを食べて、ワインを飲んだ。旅行の話題でひとしきり盛り上がり、帰ろうとしたときには、いつものように、紘美はかなり酔っぱらっていた。タクシーの後部座席で、佑くんの肩を枕にして、早くも眠っているようだった。

宿でそれぞれの部屋に戻り、荷物を片付けると、わたしはベランダに出た。すると隣のベランダにも人影があった。すぐにわかった。佑くんだった。わたしが窓を開けた音に気づいてか、彼はこちらを見ていた。

「おお」

「おお」

わたしたちは軽く挨拶をして、少し笑い合った。

「和晴は？」

「シャワー浴びてる。紘美は？」

「ベッドで倒れてる」

「やっぱり」

わたしたちはまた笑い合った。

「お酒、それほど強くないくせに、好きなんだからなー」

佑くんは独りごとのように言った。好きなんだからなー、は紘美のお酒に対する説明だとわかっていたけれど、紘美に対する佑くんの気持ちみたいに感じた。

「日本より暗いね」

わたしは周囲に立ち並ぶ家々を見ながら言った。うん、と佑くんは言った。黙っているわたしたちの後ろで、和晴が立てているシャワーの音がぼんやり聞こえていた。

青い屋根を見つめながら、わたしは口を開いた。

「変なこと聞くけどさ」

「うん」

佑くんは言った。いつもの声だった。

「佑くんって浮気したことある？　紘美と付き合ってから」

言い終えてから、やっぱり聞くべきじゃなかったかもしれない、と思った。彼は驚きを隠すことなく、ええっ、と声をあげた。

「なんで？　ひろちゃんが疑ってるの？」

「ううん、紘美は何も言ってないよ。ただ純粋な質問」

「ないよ。これからもないと思う」

簡潔な答えだった。遠くで、車のライトが光っている。列になっているから、模様みたいに見える。

「そっか」

「もしかして、和晴が浮気したとか？」

わたしは身体は正面を向けたままで、佑くんのほうに顔を動かした。彼も同じように、身体は正面を向いたまま、こちらを見ていた。

「違う違う。心配かけてごめんね。ちょうど今仕事で読んでる小説が、男の人の浮気がテーマで、考えちゃってただけ」

「そうなんだ」

わたしの答えに安心したのか、彼は表情を和らげた。

「でも朋ちゃんはすごいよなー。フリーで仕事してるなんて。尊敬するよ」

「いやいや、佑くんのほうがすごいよ。毎日しっかり通勤して、夜遅くまで働いて。しかも超一流企業」

「あはは、そんなことないよ」

出会ったときと変わらない笑い方だな、と思った。それからちょっとだけ、明日見る予定の星空の話なんかをして、わたしたちはそれぞれの部屋に戻ったのだ。それぞれの恋人が待つ部屋に。

「オリオン座がさかさまなのって、やっぱり不思議だよね」

隣で同じ姿勢で星を見つめていた紘美が言い、わたしは昨夜の記憶を慌ててしまい込む。

「ほんとだね」

つぶやいた。オリオン座がさかさまに見えることは、さっき説明を受けた。オリオン座の中央にある三つ並ぶ星が、日本では右上がりになっているけれど、ここでは左上がりとなる。星に無知なわたしには、言われなければ気づかないことだった。

「ねえねえ、手つないで見てみない？　みんなで」

紘美がさらに言い、彼女の左手が、わたしの右手に触れる。

「UFOでも呼ぶ気？」

佑くんが言い、わたしたちは笑う。いいじゃん、と紘美は言い返し、わたしも左手を和晴の右手へと伸ばした。そっとつながれる手。確認できないけれど、紘美の右手も、佑くんの左手とつながれたことだろう。

さかさまになればいいのに。

不意に、わたしの心の中に、一つの願いが湧き上がる。かき消そうとするのに、うまくいかない。

今、紘美と和晴とつないでいるどちらかの手が、佑くんの手とつながればいいのにと思った。

出会ったときから、ずっと好きだった。傘を貸してもらったときには、早くも恋になりかけていた。紘美に思いを打ち明けられてからも、二人が付き合い出してからも、わたしは妄想ばかりしていた。もし、わたしが先に話を切り出していたら。もしわたしが先に佑くんに告白していたら。行き場のない仮定は、ただиздさらさらと降り積もっていき、ずっと残っている。

「あ、流れたよ」

「おれ、もう十個くらい見てるよ」

「え、ずるい。わたしも見たいよ」

「ずるいって言われてもなー」

佑くんと紘美が、楽しそうに話している。流れ星のことだ。わたしもさっきから何個か見つけていた。すうっと流れていく星。

「でも絶対願いごとなんてできないよね。ほんとに一瞬だもん。三回唱えなきゃいけないんでしょう？　幸せ幸せ幸せ、なら言えるかなあ」

「さちさちさち、じゃない？」

「それだね。あと、かねかねかね、とか」

「叶えたくないって思うだろうなー、神様も」

「ほんとだよねー」

　ずっと続きそうな二人の会話を聞きながら、わたしは、自分が何を願えばいいのかわからなくなってしまう。

第8話　優しい国

（ミャンマー）

三月のはじめに父が逝った。六十歳だった。

がんが判明してから、ある程度覚悟はしていたつもりだったが、死というのはどんなときであっても唐突さを伴っているのだと感じられた。

わかった時点で手遅れだった。あちこちに転移していて、手術は困難ですと言いきられた。たくさんのレントゲン写真が貼られた部屋で、医師と看護師は目を伏せ、母はもっと早く病院に連れていけばよかったと後悔を繰り返していた。母の背中をさすりながら、テレビドラマを見ているかのように感じていた。半年もすれば父がこの世からいなくなってしまうということが、本当だとは思えない。今の話は全部嘘です、と医師が言い出したら、その言葉をあっさりと信じてしまうだろうと思った。でももちろん、そんな言葉は出てこなかった。

余命とされた半年を過ぎても、入退院を繰り返している父は、まだ死からは距離があるように思えた。自宅で過ごすのを楽しみにしていた。お正月には母の作ったおせちを、わたしたちが心配になるほどよく食べた。実はこれから何年も生きるのではないか、と思われた矢先、容態が急変した。危篤状態と言われて数時間後の未明、父は静かに息を引き取った。母とわたしと弟が病室で見守る中のことだった。

通夜も葬儀も、あっというまに過ぎていった。終えてしまえば、断片的な記憶しか残っていない。父の肌の圧倒的な冷たさ、痩せ細った体、お線香の火を絶やさぬようにしながらお棺の近くで途切れ途切れに休んだこと、お線香の匂い、叔母の号泣する姿、火葬場の喫茶室から見えた庭園の美しさ、骨の少なさ。

せめて桜が咲くまで持ってくれればねえ、と言ったのは、親戚のうちの誰だっただろう。美しい満開の桜の中で亡くなるよりも、冬を抜け出したばかりの静かな季節に亡くなるほうが、父には似合っているように思えたことは口にしなかった。

わたしが一人暮らしをする部屋から、実家までは電車で約四十分。乗り換えが二回必要なこともあり、近さの割にはそんなに帰らずにいたけれど、父が入院するようになってからは、何かと顔を出すようになっていた。

父はけっして、家の中で大きな存在感を持っていたわけではなく、むしろひっそりと過ごしていることが多かったのだけれど、それでも父のいなくなった家の空気は以前とは違って感じられる。母と二人でにこやかに話していても、どこかに空しさがある。父の入院中や外出時の不在とは、明らかに異なる雰囲気だ。四十九日までと、唯一の和室に設けられた、位牌や遺骨が置かれた小さな後飾り壇のせいもあるのだろうか。

仕事が休みの土曜のお昼に実家を訪ね、母と四十九日までの流れなどについて話した。話がある程度まとまり、途切れたとき、そのタイミングを待っていたように、母が言った。かなり唐突に思える内容の言葉だった。

「近いうちに、ミャンマーに行ってくれない？」

いきなりの提案に、わたしは間抜けな声をあげた。はっ、とか、あっ、とかそういった類の。聞き間違いかと思った。ミャンマー？

「なにそれ、どういうこと」

「実は、お父さんが行きたがっていたらしくて」

なぜか気まずそうに、母は一つのメモ帳を取り出した。何も言わずにわたしに手渡す。ぱらぱらとめくってみると、いずれも弱々しい筆跡で、ページを飛ばし飛ばし何か書かれている。

《昨日も眠れず　食事はとれた》

《相沢さんよりＴｅｌあり　定年を前に出向とのこと》

どれも短い、まさにメモといった類のものだ。父が書いたものであるのは、渡された時点からなんとなくわかっていた。読み進めるうちに、他のページよりも若干長い文章に行き当たった。

《ミャンマーに行きたい　黄金の国はどういった表情を見せてくれるものなのだろうか　モームゆかりのストランドホテル！　色鮮やかなパゴダ　生きているうちにその姿を見たい　ささやかな人生のささやかな望みだ》

長さだけではなく、他のページに比べて、筆圧の強さや、文章の背後に見える決意も別物であるように感じられた。記号まで使っているところも。

メモを一通り見たが、やはりもっとも印象に残るのは、ミャンマーについての記述だった。母もそれを感じ取ったのだろう。わたしは言った。

「ミャンマー、そんなに行きたかったんだね」

「そうよ、全然知らなかったし、聞いたこともなかったのに」

聞いてみると、メモ帳は部屋を片付けているときに見つかったもので、どうやら一時帰宅するたびなどに書いていたようだった。確かに日付が入っているものもあり、その日付と一時帰宅の時期は一致していた。

「せっかくなら遺言とか家族へのお礼くらい書いてくれてもよさそうなもんなのに、ほんとにただのメモばっかりだから、ガッカリしちゃったわ」

笑いながら母は言うけれど、実際寂しく感じている様子なのは明白だった。どことなく泣きそうにも見える。それでも父の書いたものが残っていたことは、母にとっては喜びでもあるのだろう。

「そういえば、このモームって誰のことなの」

わたしは気になっていた点を聞いた。流れから察するに、モームというのは人名なのだろうけれど、思い当たらない。

「ああ、それね、お母さんも知らなかったんだけど、多分本棚にあった小説家のことだと思うのよ。サマ……サマなんとかっていうんだけど」

「サマランチ？　サマンサ？」

わたしは、サマから始まる人名で思いついたものをあげた。言ってから、サマランチっていったい誰だったっけ、と思う。

「ううん、違う違う。なんて言ったかしら。ちょっと待って、取ってくるわ」

リビングに取り残されたわたしは、改めて父の残したメモ帳を最初からめくってみた。いったいどんな気持ちでこれらを書いたのだろう、と考えてみるものの、わたしにわかるはずがなかった。でももうこれを書いた人はこの世にはいないのだな、と思ってみると、やはり信じられない気がした。姿勢を変えて、和室の遺影に目をやる。かすかな微笑みを浮かべる父。

「あったわ。これなんだけど」

戻ってきた母が手にしていたのは、一冊の古びた文庫本だった。

『月と六ペンス』。表紙にはそう書かれていた。

「そうそう、サマセット、だわ」

母の言葉通り、サマセット・モームという人名も表紙に書かれている。その名前よりもタイトルに聞き覚えがあった。とはいえストーリーはまったくわからない。小説だということしか。

「お父さん、海外の小説なんて読んでたんだね」

わたしは意外に思いながら言った。父が時代小説を好んでいたのは記憶しているけれど、海外文学を読むイメージはなかった。

「そりゃそうよ。昔は小説家を目指してたこともあったんだから」

「ええ、お父さんが？」

思わず声が大きくなった。

「昔っていっても、大学時代だけどね。大昔」

大昔のことだからといって、納得できる話でもなかった。父はずっと電機メーカーで経理の仕事をしていた。定年を迎える前に早期退職して、これからはアルバイトをしつつのんびりと過ごすと話していた直後に、がんが発覚したのだった。

父と小説家の組み合わせを呑み込みきれないでいると、母がまた先ほどの話の続きを持ち出した。

「でね、ミャンマーの話なんだけど。こんなにお父さんが行きたがっていたんだったら、代わりに行ってあげたほうが供養になるんじゃないかしらと思って」

「お母さんが行けばいいじゃない」

「海外旅行なんて無理よ。飛行機に乗るなんて恐ろしい」

言われて、母に飛行機恐怖症の気《け》があったのだということを思い出した。そんなに恐ろしいものに、娘を乗せることは平気なのだというのも、謎ではあるけれど。

「じゃあ慎一《しんいち》が行くとか」

わたしは弟の名前をあげた。

「あの子は頼りにならないじゃない」

もっともだった。通夜や葬儀には来たものの、普段から何をやっているんだかよくわからない。わたしの四つ下だから、二十八歳になるはずだが、就職経験もなく、どういう暮らしをしているのかも不明だ。会っても必要最低限の会話しかしない。

「ミャンマーねえ」

わたしは言った。ミャンマーと言われてイメージできるものが何もない。治安も悪いのではないだろうか。

「ちょっと考えてみてよ。お金は工面するし」

「お金のことは別にいいけど」

それよりも、休みが取れるかといったことのほうが不安だけど、ここで言っていても仕方ない。

とりあえずは保留にして、また親戚の噂話などをしてから、その日は自分の部屋に帰った。


ベトナム航空のキャビンアテンダントの制服は、青のアオザイだ。日本人女性も、多分ベトナム人であろう女性も、優雅に美しく着こなしている。みんなスタイルがいいんだな、と思いながら、飲み物にスパークリングワインを注文した。

人生初の一人旅を、こんな形で経験することになろうとは、と、実際に飛行機に搭乗して改めて思う。

四十九日も納骨も無事に終え、気づけば五月も終わろうとしている。父が亡くなってから、本当にあっというまだった。それなのに今も、父の死はどことなく遠く、ガラス越しの出来事のようだ。

五月末を選んだのは、休みが取りやすそうだったからだ。職場には、実家でやらなければいけないことがいろいろあって、と伝えて休暇を申請した。さほど嘘ではないだろうと思いながら。ミャンマーに行くことになったという経緯を説明するのは、厄介に思えた。ミャンマーはアジア圏だけあって、意外と近い。四日間のツアーを旅行代理店で申し込んだ。土日を含めれば、二日の休みを取るだけで済んだ。

ただ、申し込みを終え、旅行代理店経由でビザを発給してもらい、ガイドブックを買ってもまだ、ミャンマーに対するイメージや知識はさして広がってはいなかった。父がメモに書いていたパゴダは、ガイドブックでは、パヤーという名で統一されていた。仏塔という意味らしい。ミャンマーにはさまざまなパヤーがあって、見所の一つであるということはガイドブックから知ることができたが、なぜそんなにも父が心惹かれていたのかは、やはりわからない。

父のメモがなければ、ミャンマーについて考えることも、ミャンマーを訪れることも、一生なかっただろう。ここでこうして飛行機に乗っている自分は、まるで予定外だった。そもそも飛行機に乗るのも数年ぶりだ。当時付き合っていた恋人と、沖縄旅行に出かけて以来。

予想していたよりもずっとおいしい機内食を口にしながら、もう数年前に別れた恋人のことを思い出す。本当に好きだったし、結婚するつもりでいたけれど、今振り返ってみて、何も特別な感慨が生まれないことにむしろびっくりしてしまう。

父がわたしの結婚について気にしていたことは、いつも母経由で聞かされた。絶対に直接は訊ねてこないのだ。そのたびにうとましさを感じてきたけれど、こうなってしまった今、自分の選んできた道が正しかったのかどうか不安になるし、多少の後悔も生まれる。父はわたしの選択をどう感じていたのだろうか。

食事を終え、バッグから『月と六ペンス』を取り出した。数日前から少しずつ読み進めている。手に取る前は、難解なものだと思い込んでいたので、その読みやすさやおもしろさに驚いた。主人公である小説家が、奇妙で偉大な画家について振り返っていく物語。読んでいる最中は、そのストーリーに集中しているものの、一旦読むのを止めるたび、父のことが思い出される。父はどういった気持ちで読んでいたのだろうか。てっきり、父が感情移入するような小説なのだと思っていたけれど、今のところそんな気配はない。

画家が友人の妻を奪い、さらには友人の妻が自殺してしまうという、間違いなくこの小説の中で大きな鍵となるだろう場面まで読み終えたところで、一旦本をしまった。ミャンマー滞在中に読みきろうと決めていた。

眠る気にもなれず、目の前のガイドブックをもう一度めくろうかと考えていると、意外なところから話しかけられた。

「ミャンマーに行かれるんですか？」

通路にいるキャビンアテンダントだった。同性のわたしから見ても、綺麗、とうっとりしてしまうような美人だ。アップにまとめた髪と、ぴったりとした青のアオザイが本当によく似合っている。彼女の視線は、わたしから、置いておいたガイドブックにうつる。

「ええ、そうなんです」

わたしが答えると、嬉しそうに頷いた。

「すごくいいところですよ。楽しんでくださいね」

そのまま下がろうとする彼女を、今度はこっちが引きとめた。

「あの、おすすめの場所とかありますか？」

「行かれるのはどちらの都市ですか？」

「ヤンゴンです」

「でしたらやっぱり、シュエダゴォン・パヤーは見ごたえがあると思いますよ。それにミャンマーは優しい方が多いです。素敵なご旅行になるといいですね」

文句のつけどころがないような微笑みを浮かべると、彼女はまた通路を歩き出した。

どうして話しかけられたのだろうと思ったけれど、考えてみれば、この飛行機はハノイ行きだ。ハノイで乗り換えてヤンゴンに向かうことになっている。ミャンマーに行く搭乗客はかなり珍しい部類に入るのだろうと察した。それに、わたしの退屈さが伝わっていたのかもしれない。いずれにしても、どことなく緊張していた部分が、少しだけやわらかくほぐれたような気になった。

ミャンマーが近づいてくる。

ヤンゴンに到着したのは、現地時間の午後六時過ぎだった。ハノイでも同様だったけれど、飛行機を降りてすぐに、空気が熱を帯びているのを感じる。気温はもちろん、湿度も日本より高いだろう。

空港ロビーで、名前が書かれた紙を持った現地の係員と合流した。同じツアーに申し込みをしているのはどうやら、わたしと一組の老夫婦だけらしかった。会釈だけ交わし、空港前に停められていたワゴン車に乗り込む。

知らない道を車で進んでいく。五月下旬はミャンマーでは雨季に当たるということを、旅行代理店で聞いていたので、雨を覚悟していたものの、からっと晴れていた。空はまだ明るい。

係員は若い女性で、上手な日本語で注意点などを説明してくれた。両替はホテルで行うのがいいことや、屋台での食事を避けることなど。聞きながら、本当にミャンマーに来たんだな、と徐々に自分の中に実感が生まれていく。

ストランドホテルには三十分ほどで到着した。車窓から見てきた他の建物とは雰囲気の異なる、シンプルながら高級感のある外観だった。いつのまにか暗くなった風景の中で、オレンジの光が、白い建物を際立たせている。

中に入ると、一緒にいた老夫婦の夫人が、あらぁ、と嬉しそうな声をあげた。その気持ちはよくわかった。吹き抜けのあるロビーは、さほど広いわけでもきらびやかなわけでもないけれど、石の床も綺麗に磨き上げられ、シックにまとめられている。生けられているピンクの花もアクセントの役割を果たしていて美しい。過剰ではない豪華さが、ホテルの上質さをそのまま表しているようだった。

チェックインの間、ソファに座って、ウェルカムドリンクを口にした。いくつかの果物がミックスされているのだろうか。甘みも酸味もちょうどよくて、どことなくだるさをおぼえる体にすうっと溶け込んでいってくれた。

部屋まではホテルの係員が案内してくれた。室内に足を踏み入れた瞬間、さっきの女性のように、声をあげそうになった。室内は充分すぎるほど広く、綺麗にまとまっている。いくつかの花の絵画が掛けられていたり、ベッドの他にソファとテーブルやデスクが置かれていたり、バスタブとシャワールームが分かれていたりと、今まで宿泊した中で間違いなく最上の部屋だった。

係員が、部屋についての説明をしてくれる。英語だったけれど、簡単な言い方を選んでくれているのか、なんとか聞き取ることができた。最後に、お部屋はどうですか、と訊ねられ、素晴らしいです、と答えると、にこっと微笑みを浮かべてくれた。よい時間をお過ごしください、と言って彼が立ち去る。

一人になってしまうと、ますます部屋の広さが際立つ。

ここが、父の来たがっていたストランドホテル。珍しく、エクスクラメーション・マークをつけるほど。

ベッドに腰かけて、部屋の中をぐるりと見渡す。適度に冷房が利いていて、涼しく快適だ。いつのまにかじんわりと滲んでいた汗がひいていく。

「モームゆかりのストランドホテル！」

父のメモを真似て言ってみる。一人で何をしているんだろうな、と思って、ちょっとおかしくなった。あれから何度もメモを読んだ。もうどのページにどの内容があるかも大体暗記しているし、中でもミャンマーに対するメモは、空で言える。

フロントで両替をしてもらって、夕食をとりに出かけよう。ロビーではWi-Fiがつながるらしいので、先に母親に到着した旨を連絡しておいたほうがいいかもしれない。これから何をしてもいいのだと思うと、自分がずいぶん身軽に感じられた。


まだお昼前だというのに、シュエダゴォン・パヤーにはたくさんの人がいる。日本人らしき人はほとんど見かけない。今日も雨は降っておらず、照りつける日差しがつらいほどだ。パヤーは神聖な場所なので裸足でお参りをする。日が当たっている箇所の床は熱く、思わず早足になってしまう。

あらかじめガイドブックで情報を仕入れていたものの、本物のシュエダゴォン・パヤーを目にすると、迫力に圧倒された。とにかく巨大だし、黄金に輝いている。

入口もいくつかあるし、見るべき箇所もたくさんありそうで、どう回っていいものか、現在地はどこなのかを確かめようと、ガイドブックを広げていると、制服を着た係員らしき男性に、お手伝いしましょうか、と英語で話しかけられた。大丈夫です、と答えると、笑顔でまた離れていく。

機内で聞いていたように、確かにミャンマーの人たちは優しい。ホテルでも、昨日夕食をとったお店でも、感じよく接してもらえたし、少しでも困っている素振りを見せると、当然のように手を差し伸べてくれる。見返りを求める様子ではなく。

シュエダゴォン・パヤーの周囲には、たくさんの子どもたちがいて、こちらが日本人だとわかると、走って近寄ってきては、おみやげ物を売ろうとする。買わない、と明らかな拒否の姿勢をとっても、離れるでもなく、何かしら話したそうな素振りを見せ、楽しそうに笑う。この感じのよさはどこから生まれるのだろうと疑問に思ってしまうくらいだ。

パヤーの中央に配置された八曜日の祭壇の中から、自分の守り神であるネズミの像を見つけ出し、見よう見まねでお参りした。像に水をかけ、手を合わせる。

ミャンマーでは、生まれ曜日が重要な意味を持っているらしいということは、ガイドブックで読んでいた。生まれ曜日によって、性格や他者との相性が決まってくるのだという。各曜日ごとにお参りする祭壇が異なることも書かれていた。

ガイドブックの地図をたよりに、父の守り神である鳥の像の前にたどり着く。想像していたよりも、いかめしく、怖い雰囲気を持っていた。調べているうちに知ったのだけれど、偶然にも母も同じ生まれ曜日だった。

さっきよりも丁寧にお参りをする。手を合わせたものの、何を祈っていいかわからず、父の冥福と母の幸福という漠然とした願いになってしまった。最後に心の中で、父の代わりに参りました、と付け足す。

わたしが像にたどり着く前からお祈りをしていた若い女性は、わたしが立ち去るときになってもまだ目を閉じて、小さく何かをつぶやいているようだった。きっと強く願いたいものがあるのだ、と思うと、目の前の見ず知らずの彼女に対して、勝手に胸が熱くなった。

お父さん、お参りしたよ。

声には出さずに思った。

いくつかある祈禱堂の一つにもお参りをした。多くの人たちが座って、仏像に向かって頭を下げたり、おそらく祈りの言葉を唱えたりしている。あいている場所を見つけて正座し、穏やかな顔の仏像と向かい合った。日陰になっているため、床がひんやりとしている。足の甲でその冷たさを感じた。

目を閉じて、頭を下げ、再び頭をあげて仏像と向かい合ったときに、火葬場でのことを思い出した。

「仏様がいらっしゃいますね」

火葬場の係の人は、そう言った。少なく感じる父の骨をまじまじと見つめながら。疑問に思うわたしたちの前で、係の人が、上のほうにあった、小さな骨をつまみ上げる。食べ物を冷ますときのように、ふうふうと息をふきかけてから、手のひらの上に置く。

「お釈迦様が座禅を組んでいる形なんです」

言われてみればそう見える。へええ、とわたしたちは感嘆の声をあげた。何人か泣いている人たちもいたけれど、母もわたしも泣いていなかった。ただ、目の前の骨のかけらと父を、うまく結びつけることができずにいた。

「勘違いされている方も多いんですが、これは喉仏とは少し違うんですよ。正確には第二頸椎といいます。女性にもありますよ」

係の人の説明に、わたしたちはまた小さく声をあげたり頷いたりした。

「本当に綺麗な形で残ってらっしゃいますね。こんなに綺麗なのは珍しいですよ」

しみじみとした係の人の声がよみがえる。

再び目を閉じてみたときに、不思議な感覚に包まれた。隣に父が座っている。確信できた。色濃い気配がそこにあった。わたしは声をあげそうになるのを、必死で押しとどめた。自分の声によって、気配が壊されてしまうのを恐れた。

自分の部屋にいても、実家にいても、さらには葬儀のときにも、そんなふうには感じなかった。ちょっとくらい出てきてくれればいいのにね、と冗談めかして母と言い合っていたほどだ。夢も見なかった。

けれど、今、日本から遠く離れたミャンマーという場所で、父と隣り合っている。さまざまな感情がわたしの胸に押し寄せる。悲しさや寂しさはなかった。

少しして、隣で空気が動いた。ようやく目を開けて確認すると、そこには父とは似ても似つかない男性が座っていた。立ち上がってもまだ、さっきの感覚は体から抜けなかった。父は、確かにいた。

四日間のツアーとはいえ、実質の観光時間は、二日間にも満たない。ミャンマーでの時間はあっというまに過ぎていった。

『月と六ペンス』は、結局ヤンゴンからハノイへ向かう機内で読み終えた。美しく深いブルーの、ベトナム航空のマークである蓮の花が入った機体の中で。

最後まで登場人物の誰かに深く感情移入することはなかったものの、何度でも読み返したいおもしろさを持っていて、父がこの小説を好きなのは、単純にこの魅力に惹かれていたからかもしれない、と納得できた。

そして、ハノイから成田へ向かう飛行機の中では、ちょっとした偶然があった。行きに話しかけてくれたキャビンアテンダントと再会したのだ。先に気づいたこちらが、驚いた顔を見せると、向こうも覚えてくれていたようで、偶然ですね、とまた美しい微笑みを浮かべた。

満席に近い機内で乗り合わせた人たちは、ほとんどが離陸するなり眠りについていた。深夜発で、日本に帰る便だということをふまえれば、それも納得できた。むしろ、なかなか寝つけない自分のほうがよっぽど不自然だった。

いたずらに体勢を変えては落ち着かない時間を過ごしていると、再会したキャビンアテンダントが、ちょうど通りかかった。わたしが起きていることに気づき、ミャンマーはいかがでしたか、と小声ながらもにこやかに話しかけてくる。

「楽しかったです。人も優しくて、パヤーにも圧倒されて」

「それはよかったです。魅力的な国ですよね」

そう言った彼女が立ち去ろうとするより早く、わたしは言った。

「亡くなった父が、ミャンマーに行きたがっていたんです」

どうして自分がそんなことを言ったのかわからなかった。言おうとして言ったのではなく、こぼれ出たものだった。彼女は一瞬驚いた顔を浮かべた。当然だった。それから口の端を少しだけあげて、彼女は言った。

「大変だったんですね。でも、お父様は幸せですね」

わたしは、ありがとうございます、と言って頭を小さく下げた。何かございましたらおっしゃってくださいね、と言って彼女はわたしよりも大きく頭を下げ、立ち去っていった。

そのまま少し経ち、自分の頬を伝うものに気づいた。涙だった。

ずっと遠かった父の死が、重さを伴って、実感となってわたしの体を包んでいく。

お父さん、死んじゃったんだね。

わたしは声を出さないようにして泣いた。父が死んで初めて流す涙は、いくらでも溢れ出て、止まることなどないように思えた。悲しみの中で、ミャンマーで見たいくつもの風景が次々とよぎった。ありがとう、ありがとう、と何度も何度も繰り返した。

文庫版あとがき　そして旅は

旅がずっと好きでした。

一人旅にはあまり興味が持てなかったため、たいてい、友だちや恋人と旅をしてきました。あるいは、友だちが住んでいる場所を旅先に選ぶ、ということもありました。

本書『そして旅にいる』の主人公たちが訪れる場所は、作者であるわたしが実際に訪れたことのある場所ばかりです。「冬には冬の」に登場する、北海道旭川市は地元でもあるため、訪れた、とは少し異なりますが。

かなり昔に書いた作品も混ざっているので、もともと記憶力の低いわたしは、すっかり忘れていたのですが、今回小説を再読したことで、自分のかつての旅の一場面や、場所の匂いや音が、ふっとよみがえるような瞬間をいくつも味わえました。もちろん、口にしたものたちの記憶も。

この作品に限らず、よく、食事の描写が多いというご感想をいただきますが、それは間違いなく、わたしの食への執着の強さからです。何を食べるかについては、常に頭の中の多くを占めています。旅行中ならなおさら。ガイドブックに付箋をつけまくったり、携帯電話のメモ帳機能に入力したりするのは、きまって飲食店ばかりでした。胃袋の容量がもっと大きかったなら、と悔やむのもいつもです。作中に登場する食べ物も、実際に口にし、また食べたい、と思ったものたちです。もし実際に同じ場所に行かれる方がいらっしゃったら、どれも強くお勧めしたいです。

旅先ではよく、ここで生まれ育っていたら自分はどんなふうになったのだろう、ということを考えます。もちろん答えは出ず、もともと存在していないのですが、イメージしていくことで、風景の見え方が少し変わるような気がします。すれ違う見知らぬ人たちを、知り合いのように錯覚したり。

小説はどれもフィクションなのですが、もしかすると、旅先で浮かんでいた無数のそうしたイメージが、書かせてくれたのかもしれないとも思います。どの作品も、その場所を舞台にしなければ書けないものでした。旅先で出会ったあらゆるものや人に、感謝したいです。

二〇二〇年、コロナという言葉が、毎日のようにニュースに登場していました。新型コロナウイルスの感染拡大により、外出自粛を始めとし、生活は一変しました。旅についても例外ではなく、好きな場所に好きな人たちと行けていた日々が、どんなに幸福だったのかを思い知らされました。

今、これを書いている二〇二一年の終わりも、いまだコロナの言葉はニュースから抜けていません。この文庫が刊行される頃も、おそらく同じような感じではないかと想像します。コロナってなんだっけ、と言えるくらい、コロナウイルスが遠いものとなり、また自由に好きな場所に出かけられる日々が戻ってくることを願ってやみません。

そして一方では、どこにも行かなくても、旅なのだな、と考えることもあります。旅先ではいつも、想定外の出来事が起きました。大きいものも小さいものも、いいことも悪いことも。

同じように、ありふれた日常であるはずの毎日も、やはり想定外のもので溢れています。たとえば十年前の自分も、五年前の自分も、今ここでこうしている自分のことを、想像できていませんでした。住んでいるところも、今抱えている気持ちも。

景色も感情も、止まっているように見えて、動きつづけているのだと実感しています。どうかみなさんの旅も、楽しいものでありますように。読んでくださったこと、本当に嬉しく思っています。どうもありがとうございました。また別の作品でお会いできたなら幸いです。

この作品は二〇一九年一月小社より刊行されたものです。

そして旅《たび》にいる

加藤千恵《かとうちえ》

令和4年2月10日　初版発行

発行人――石原正康
編集人――高部真人
発行所――株式会社幻冬舎
〒151-0051東京都渋谷区千駄ヶ谷4-9-7
電話　03(5411)6222(営業)
03(5411)6211(編集)
振替00120-8-767643
印刷・製本―株式会社　光邦
装丁者――高橋雅之

幻冬舎文庫

ISBN978-4-344-43163-8　C0193　か-34-5

幻冬舎ホームページアドレス　https://www.gentosha.co.jp/
この本に関するご意見・ご感想をメールでお寄せいただく場合は、
comment@gentosha.co.jpまで。